De l'enfer au paradis

J'AI LU

Barbara Cartland est une romancière anglaise dont la réputation n'est plus à faire.

Ses romans variés et passionnants mêlent avec bonheur aventures et amour.

Barbara Cartland fête actuellement son 200e livre publié en français.

Vous retrouverez tous les titres disponibles dans le catalogue que vous remettra gratuitement votre libraire.

Barbara Cartland

De l'enfer au paradis

traduit de l'anglais par Claude MALLERIN

Éditions J'ai lu

Ce roman a paru sous le titre original :

FROM HELL TO HEAVEN

NOTE DE L'AUTEUR

Un *dead-heat* (une arrivée *ex aequo*) aux courses du Derby inaugure ce récit d'amour et de haine, de souffrances et de bonheur.

Les fameuses courses du Derby, les plus célèbres du monde, ne connaissent dans leur histoire que deux *dead-heats.* En 1828, *Cadland,* le cheval du duc de Ruthland, franchit la ligne d'arrivée en même temps que *Colonel,* celui d'Edouard Petre. La course fut recourue, comme le règlement le voulait, en fin d'après-midi, et *Cadland* fut déclaré vainqueur.

L'un des Derbys les plus mémorables eut lieu en 1884. Au rassemblement de printemps, le prince de Batthyany mourut d'une crise cardiaque en pénétrant dans la salle à manger du Jockey Club, tant il était excité par la perspective de voir *Galliard,* le fils de *Cher Galopin,* gagner deux mille guinées.

Sa mort changea le cours de l'histoire des courses, car on annula, comme le règlement l'exigeait à l'époque, la candidature au Derby de son poulain *St. Simon. St. Simon* était sans aucun doute le plus grand cheval de course de tous les temps, ainsi que le plus grand reproducteur du turf. Il aurait certainement gagné le Derby.

En son absence, *Harvester,* appartenant à sir John Willoughby, et *St. Gallien,* appartenant à Mr John Hammond, arrivèrent *ex aequo.* Les commissaires donnèrent aux propriétaires de ces chevaux le choix, soit de leur faire recourir la course, soit de partager le prix. Ils optèrent pour la deuxième solution.

1

1831

Après une longue attente, coutumière aux champs de courses renommés, il y eut plusieurs faux départs.

Le marquis d'Alchester, ses jumelles pointées sur les chevaux au départ, poussa un soupir d'impatience.

— Nerveux, Linden ? demanda Peregrine Wallingham.

— Non, j'ai confiance, répondit le marquis, ce qui fit s'esclaffer son ami.

— C'est exactement ce que dit Branscombe.

Le visage du marquis s'assombrit.

De toute évidence, *Étincelle,* le cheval du comte de Branscombe, était un concurrent dangereux pour le sien, *Étoile filante.* Mais le marquis avait la conviction que son crack gagnerait le Derby.

La foule, plus importante pour cette course fameuse, se répandait sur la colline. C'était un événement si attendu des amateurs et des professionnels que la plupart des employeurs toléraient l'absence de leurs employés, bien que ce jour ne fût pas férié.

— C'est parti !

Alors que le drapeau s'abaissait, ce cri jaillit de la foule. Puis il s'enfla, à mesure que les chevaux suivaient le parcours.

Après le tournant de Tattenham Corner, ils revenaient en ligne droite jusque devant les tribunes. A cet instant, tous les yeux étaient rivés sur les chevaux. C'était l'occasion rêvée pour les pickpockets.

Plus que trois minutes et tout serait terminé ; des pigeons portant le nom du gagnant s'envoleraient pour faire connaître le résultat de la course aux différents journaux et bookmakers du pays.

Des clameurs parcouraient les gradins. Dans la tribune du Jockey Club, réservée aux grands propriétaires, le silence régnait. Avec une vive attention, tous suivaient l'évolution de leurs bêtes, et celle de leurs favoris. On y sentait une tension supplémentaire, due à la rivalité du comte de Branscombe et du marquis d'Alchester. En effet, les deux hommes étaient de vieux ennemis ; et Peregrine Wallingham détestait le comte tout autant que son ami.

Le comte de Branscombe se prenait pour le plus grand sportif du pays ; c'est tout juste s'il faisait exception pour le roi. En outre, il méprisait ducs, marquis et autres comtes, s'estimant supérieur à eux par le sang et l'ancienneté de son titre de noblesse. A l'en croire, il aurait dû aspirer au trône, si le destin ne lui avait été contraire. Toutes ces raisons accentuaient l'animosité du marquis à son égard.

Mais ce qui l'enrageait encore plus, c'était le bienfondé de ses prétentions, sans compter sa notoriété et sa chance dans le monde du sport.

Les deux hommes étaient de remarquables tireurs, d'excellents boxeurs amateurs, et s'exprimaient avec une éloquence similaire à la Chambre des lords. L'un et l'autre avaient remporté maintes victoires aux courses, ces deux dernières années. Toutefois, contrairement au marquis, le comte n'était pas aimé.

Les chevaux venaient de contourner Tattenham Corner et galopaient à bonne allure en direction de la ligne d'arrivée. Lorsque la foule les distingua nettement, elle se mit à scander leurs noms ; les cris d'encouragement pour *Étincelle* étaient brouillés par ceux qui soutenaient *Étoile filante*. Comme les bêtes se rapprochaient, Wallingham murmura :

— Mon Dieu, ça va être serré !

A sa gauche, le marquis était de plus en plus tendu. A sa droite, le comte marmonna, irrité :

— Allez, plus vite, bon sang !

Alors que les cris des spectateurs redoublaient d'intensité, Peregrine Wallingham s'aperçut que le cheval du comte et celui du marquis galopaient en tête. Il était impossible de dire lequel des deux l'emporterait, car la distance qui les séparait était minime. Les jockeys tenaient leurs cravaches levées, mais ne s'en servaient pas tant chaque animal bandait ses muscles pour gagner.

Lorsqu'ils franchirent la ligne d'arrivée, la foule manifesta sa surprise. Pour la seconde fois depuis cinquante ans, le Derby se terminait par un *ex aequo*.

— Le mien a un pouce d'avance, s'écria le comte, tout en abaissant ses jumelles.

Le marquis ne daigna pas répondre. Il tourna le dos à son vieil ennemi et, suivi de Peregrine Wallingham, descendit des gradins, puis se dirigea vers la grille par laquelle les chevaux allaient quitter le champ de courses.

— Je n'ai jamais rien vu d'aussi extraordinaire ! s'exclama Peregrine.

— Je doute fort qu'*Étincelle* ait un pouce d'avance, comme le prétend Branscombe.

— Tu as raison, répondit Peregrine. Mais c'est tout de même dommage que tu n'aies pas gagné. Branscombe s'était tant vanté le mois dernier du succès assuré de son cheval ! Tu n'as pas su prendre ta revanche.

Le marquis jeta à son ami un regard sévère.

— Es-tu bien sûr de ne pas avoir parié pour *Étincelle* ?

— Bien sûr que non. J'ai misé tout ce que je possédais sur *Étoile filante*, et, crois-moi, il ne me restait plus grand-chose.

Le marquis se moqua :

— Tu devrais t'en tenir aux chevaux. Ça revient moins cher que les belles courtisanes.

— Je te crois volontiers, convint Peregrine. Mais cette petite danseuse de Covent Garden aimante les pièces d'or et me vide les poches bien plus vite que je ne les remplis.

Il était amer, pourtant le marquis ne l'écoutait plus ; il regardait son cheval revenir au trot. Une violente altercation avait éclaté entre son jockey et celui du comte, mais les applaudissements qui couvraient leurs voix ne permettaient pas d'entendre quel en était le motif.

Lorsque les chevaux pénétrèrent dans l'enceinte de pesage, le marquis demanda à son jockey qui mettait pied à terre :

— Que s'est-il passé, Bennet ?

— J'aurais pu le battre facilement, monsieur le marquis, mais passé Tattenham Corner, il m'a mis des bâtons dans les roues.

— C'est bien vrai, ça ?

— On ne peut plus vrai. Jamais un jockey ne s'est aussi mal conduit.

— Je vous crois, dit le marquis, mais nous ne pouvons probablement rien y faire. Allez, venez au pesage.

Le jockey prit sa selle et se dirigea vers la balance, surveillé par les commissaires. Il croisa le jockey du comte, qui grommela :

— Tu peux toujours gueuler, ça servira à rien.

Le marquis avait toujours recommandé à Bennet de ne pas faire de scandale devant les commissaires. Aussi dut-il se maîtriser pour ne pas rétorquer. Mais quand il fut seul avec le marquis, il déclara :

— J'aurai ce Jake Smith, même si je dois y laisser ma peau. C'est un jockey qui a très mauvaise réputation. Personne ne voulait l'employer avant que le comte ne le prenne à son service.

Le marquis écarquilla les yeux :

— Vraiment ?

— C'est bien connu, monsieur le marquis. Il y a seulement trois mois, Jake Smith cherchait désespérément du travail.

Pendant un instant, le marquis garda le silence. Puis il félicita son jockey et lui promit une belle récompense pour avoir mené sa monture à la victoire, et il rejoignit Peregrine Wallingham.

Il lui rapporta les propos de Bennet. Alors Peregrine remarqua :

— J'ai effectivement entendu dire que ce Smith était un jockey peu recommandable. Je vais me renseigner sur son compte, Linden.

— Excellente idée, approuva le marquis, mais pour l'heure, je crois que nous ferions mieux de rentrer à Londres. En partant maintenant, nous éviterons la cohue ; à moins que tu ne désires assister à la prochaine course.

— Non, je vais te suivre.

— Sans compter que je n'ai aucune envie d'entendre Branscombe revendiquer la victoire, ce qu'il ne manquera pas de faire, renchérit le marquis.

— Vous avez été déclaré *ex aequo* ; il faudra bien qu'il accepte de partager les deux mille huit cents livres du prix.

— Ça ne l'empêchera pas de soutenir que je n'y ai

pas droit, dit le marquis avec une grimace. Ah, que je déteste cet homme !

Peregrine pouffa :

— Ça saute aux yeux. Il faut bien reconnaître que sa vanité le rend insupportable. Tout le monde est de cet avis, à l'exception du roi, bien sûr.

Le marquis s'abstint de répondre. Il savait fort bien que, par sa perfidie, le comte avait persuadé le nouveau roi, Guillaume IV, de l'employer en qualité de conseiller.

Le roi était trop confiant et trop accommodant, et passait pour assez stupide ; il désirait faire bonne impression sur ses sujets. Avec l'aide de sa femme allemande, qui ne brillait ni par son élégance ni par son esprit, il s'était entouré d'une cour totalement différente de celle de son frère George IV. Bien sûr, il en avait chassé toute l'immoralité qui scandalisait le pays, mais l'avait également rendue d'une grande tristesse, au grand regret de ceux qui le servaient aussi bien à Windsor qu'à Buckingham Palace et à Windsor Castle.

La princesse de Lieven, femme de l'ambassadeur de Russie, s'était plainte au marquis de ce que la cour était devenue terriblement ennuyeuse.

— Il est impossible d'avoir une véritable conversation, lui avait-elle dit avec amertume. Le soir, nous sommes tous assis autour d'une table ronde ; le roi somnole et la reine fait de la couture, en parlant sans enthousiasme de choses et d'autres, mais jamais de politique.

La contrariété de la princesse avait amusé le marquis. Connaissant sa vivacité d'esprit et son manque de discrétion, il ne doutait guère qu'elle s'ennuyât à mourir ; il espérait seulement qu'il en fût de même pour le comte de Branscombe, à son nouveau poste.

Malgré tout cela, lorsque le marquis conversait en tête-à-tête avec le roi, il le trouvait plutôt intéressant.

Il le jugeait même passionnant, quand il connaissait son sujet à fond. Néanmoins, il était d'accord avec le duc de Wellington, qui déclarait de but en blanc :

— Mon maître est vraiment trop stupide. Quand, à table, il s'apprête à faire un discours, je fais la sourde oreille pour ne pas être tenté de le contredire.

Le marquis, suivi de Peregrine, se frayait maintenant un chemin dans la foule des bohémiens, des escrocs de petite envergure et des mendiants qui fréquentaient habituellement les courses. Il s'y trouvait également des nains, des clowns, des acrobates ou des chanteurs.

Ils rejoignirent le phaéton. Dès que les chevaux s'ébranlèrent, Peregrine déclara :

— Le roi connaît peu de chose aux courses. Je suppose qu'il sera ravi de la victoire de Branscombe, même si celui-ci doit partager l'honneur et la gloire avec toi.

— Sa Majesté pensera sûrement qu'*Étoile filante* a gagné par hasard.

Le marquis parlait avec amertume ; être à égalité avec le comte lui restait sur l'estomac.

— Linden, nous savons, toi et moi, que Branscombe a triché, mais le roi ne le croira jamais, dit Peregrine.

— Oui, bien sûr, acquiesça le marquis, résigné, mais je ferai tout mon possible pour que ce misérable jockey soit puni comme il le mérite. Je te parie tout ce que tu veux que Branscombe savait très bien ce qu'il faisait lorsqu'il a engagé cet homme.

— Naturellement ! A coup sûr, il a décidé d'employer tous les moyens possibles de te battre.

— Le comte n'a guère changé depuis son séjour à Eton. A cette époque, il voulait déjà être le meilleur partout ; nous nous disputions la première place, si tu te souviens bien.

Peregrine sourit.

La rivalité des deux jeunes gens avait fait beaucoup de bruit au collège. La plupart des étudiants s'étaient divisés en deux camps, soutenant l'un ou l'autre. Il en avait été de même à Oxford.

Peregrine n'avait jamais aimé le comte malgré ses succès et ses victoires sportives. Il le savait déloyal, prêt à tout pour gagner. Pourtant, peu de gens semblaient se rendre compte de la véritable nature de Branscombe. Bien que le marquis ne fût pas exempt de défauts, Peregrine le considérait, néanmoins, comme un gentilhomme, incapable de faire quelque chose de déshonorant.

— A quoi penses-tu ? demanda le marquis à son ami, le voyant songeur.

— A toi.

— Je suis flatté ! répondit le marquis, sarcastique. Et pourquoi ?

— Je te comparais à Branscombe, à son désavantage, bien entendu !

— Encore heureux ! Au fait, je n'assisterai certainement pas au dîner, ce soir.

Ce dîner donné par la société des courses du Derby était un événement important. Chaque gagnant y recevait les honneurs auxquels il avait droit. Peregrine n'ignorait pas qu'il en coûterait au marquis de feindre d'apprécier la compagnie du comte et de taire ce qu'il savait des agissements de son jockey.

— Espérons que ça ne s'éternisera pas, dit Peregrine. Il y a en ce moment, au Palais des plaisirs, quelques jupons venus de France, qui pourraient fort bien t'intéresser.

Le marquis ne sembla pas manifester d'enthousiasme particulier. Peregrine se souvint alors que son ami considérait comme une perte de temps les instants passés dans ce genre d'endroit ; aussi s'empressa-t-il de dire :

— Mais peut-être as-tu rendez-vous avec lady Isobel ?

Cette question lui avait échappé. Il était peu probable que le marquis ait un rendez-vous avec lady Isobel Sidley, car on les avait très peu vus ensemble ces derniers temps. Ceci était d'autant plus surprenant que cette dame, brillant par sa beauté dans la haute société londonienne, était, de toute évidence, follement éprise du marquis.

Lady Isobel était née trop tard, songeait souvent Peregrine. Quinze ans auparavant, son impétuosité et son indiscrétion auraient séduit le régent. Celui-ci, en effet, aimait les femmes ni trop sages ni trop prudentes. Mais les temps avaient changé et la passion non dissimulée de lady Isobel pour le marquis avait déjà choqué la reine.

Le marquis resta un moment les yeux fixés sur ses chevaux, puis répondit :

— Non, je ne verrai pas Isobel, ce soir. A vrai dire, elle ne m'intéresse plus.

Peregrine regarda son ami avec incrédulité. Certainement le marquis ferait des remarques à lady Isobel sur sa conduite ou bien alors il se montrerait moins souvent en public avec elle, mais de là à croire qu'il était prêt à rompre, c'était inimaginable.

— Vraiment ? demanda-t-il pour confirmation.

Le marquis acquiesça.

— Oui, je m'en suis lassé.

Un long silence s'ensuivit. Peregrine pensait qu'une décision aussi brutale était typique de son ami. Celui-ci n'avait jamais été partisan des compromis : si quelqu'un, homme ou femme, l'ennuyait, il n'hésitait pas à l'éconduire et ne revenait jamais sur sa décision.

— Isobel le sait-elle ?

— Je ne le lui ai pas encore dit ; j'attends l'opportunité pour le faire. Mais étant donné que nous ne nous sommes pas vus depuis une semaine, elle doit certainement se douter de quelque chose.

Peregrine se souvint alors que, le matin même, un valet avait remis une lettre à son ami. Il était maintenant certain qu'elle lui avait été envoyée par lady Isobel. Soudain, devant eux, de gros nuages noircirent l'horizon. Alors, priant pour qu'ils ne soient pas pris dans un orage, il décida que le temps était venu de rapporter au marquis les bruits qui couraient.

— Es-tu prêt à entendre quelque chose qui te déplaira à coup sûr ? demanda Peregrine.

Le marquis lui jeta un brusque coup d'œil.

— Cela a-t-il trait à Isobel ?

— Non, ça n'a rien à voir avec elle.

— Eh bien, je t'écoute.

— Jadis, les rois coupaient la tête aux colporteurs de mauvaises nouvelles.

Le marquis se mit à rire.

— Crains-tu que le même sort ne t'attende ?

— Pas pour l'instant, du moins ; tes mains sont trop occupées par les rênes.

Le marquis rit à nouveau.

— Quoi que tu m'annonces, espèce d'idiot, je ne te frapperai pas. Mais raconte, tu as déjà trop excité ma curiosité.

— C'est au sujet de Branscombe.

Le marquis poussa un grognement.

— Que vas-tu me révéler que je ne sache déjà ?

— Sais-tu que la reine désire voir ses serviteurs à la cour mariés ?

— Certainement. La princesse de Lieven m'en a tout de suite informé. D'après elle, la reine aurait dit : « Nous souhaiterions que les personnes proches de Sa Majesté fassent un mariage aussi réussi que le nôtre. »

Dans la bouche du marquis, les paroles de la reine semblaient empreintes d'une sentimentalité écœurante, et Peregrine s'empressa de dire :

— Méfie-toi, Linden. Tu risques de te retrouver la bague au doigt avant même de t'en apercevoir.

— Je te garantis qu'elle ne m'aura pas. Je n'hésiterai pas à crier sur tous les toits que je n'ai, pour l'instant, aucune intention de me marier, même si cela me doit d'être enfermé à la tour de Londres pour désobéissance à mon souverain.

— Je te crois volontiers, dit Peregrine en souriant, mais Branscombe a soutenu l'idée de la reine ; il est même allé jusqu'à mentionner le nom de la femme qu'il comptait épouser.

— Et je suppose que tu sais qui est cette malheureuse ? dit le marquis, sentant que son ami attendait cette question.

— La princesse de Lieven, craignant de t'annoncer cette nouvelle, est venue me trouver pour que je serve d'intermédiaire : Branscombe a décidé d'épouser ta pupille, dès son arrivée en Angleterre.

Une intense surprise marqua le visage du marquis.

— Ma pupille ! Tu ne veux tout de même pas parler de Mirabelle ?

— Si. Mirabelle Chester elle-même !

— Mais elle va encore à l'école ! Elle ne connaît rien du monde ; de toute manière, elle ne sera pas ici avant un mois.

— C'est vrai, convint Peregrine, mais les gens parlent déjà d'elle.

— Tu veux dire qu'on parle de sa fortune, oui !

— Comme toujours, tu mets en plein dans le mille.

Le marquis poussa une exclamation qui ressemblait fort à un juron.

— Tu ne vas pas me faire croire que Branscombe a besoin d'argent ?

— La princesse m'a encore confié, sous le sceau du secret, qu'il cherchait déjà depuis quelque temps une héritière. Il aurait même confié à quelqu'un, que le sang des Chester était presque compatible avec le sien. L'antipathie qu'il a pour toi n'y changerait rien.

Le marquis explosa :

— Ah oui, presque !

— Après avoir entendu parler de l'énorme fortune de ta pupille, il l'a désignée comme étant la femme qui lui convenait.

Le marquis marmonna entre ses lèvres :

— Mais pourquoi ? Pour l'amour du ciel, pourquoi ?

— Au dire de la princesse, à la mort de son père, il n'aurait pas hérité d'autant qu'il espérait.

— Il devra passer sur mon corps avant de l'épouser ! s'égosilla le marquis. Jamais je n'accorderai la main de ma pupille à Branscombe.

Après un court laps de temps, Peregrine reprit :

— Il te faudra de sérieuses raisons pour justifier ton refus.

Le marquis n'ignorait pas les difficultés qu'il rencontrerait. Le comte était détenteur d'un titre important et respecté ; il possédait un domaine, qui, comme sa lignée, appartenait à l'histoire de l'Angleterre. En outre, il jouissait des faveurs des suzerains. A tous ces points positifs, il ne pourrait opposer que son aversion pour Branscombe.

Cependant, il n'avait aucunement l'intention de renier ses responsabilités à l'égard de la fille de son cousin germain, Edouard Chester, décédé deux ans auparavant. Celui-ci était extrêmement brillant, mais il n'était heureux que lorsqu'il explorait les plus lointaines contrées, au risque de sa vie. Paradoxalement, au cours de ses voyages effectués dans les conditions les plus difficiles, il avait amassé une grosse fortune. Un ami lui avait laissé des parts dans une mine d'or, qui n'avait pas tardé à fructifier. Par ailleurs, il avait acquis un terrain sans valeur, qui, en fin de compte, s'était avéré d'un rapport inestimable : on y avait trouvé du pétrole. Sans connaître particulièrement la bourse, il avait également acheté des actions qui avaient tout de suite rapporté de l'argent.

Sa mort n'avait surpris personne. Il s'était tué en essayant de franchir une chaîne de montagnes réputées inaccessibles. Alors, sa fille, Mirabelle, s'était retrouvée à la tête d'une immense fortune, avec un tuteur qu'elle n'avait jamais vu pour la gérer à sa place.

Avant cette dernière expédition, dont il n'était pas revenu, Edouard Chester avait emmené sa femme et sa fille en Italie. Il n'avait sans doute jamais reçu la lettre qui lui annonçait le décès de sa femme. Quant au marquis, il avait appris la mort de Mrs Chester puis celle de son mari, à un mois d'intervalle. Cela se passait en été ; il avait été pris au dépourvu. La tante de Mirabelle, chez laquelle la jeune fille séjournait, lui avait écrit que sa nièce faisait ses études dans une excellente école à Rome et qu'il serait certainement plus sage d'attendre la fin de son deuil pour l'envoyer en Angleterre. Il était alors tombé d'accord avec elle.

— Elle aura dix-huit ans l'année prochaine, avait-il dit à Peregrine ; je pourrai alors la présenter à la reine. J'ai de nombreux parents qui ne seront que trop heureux de la chaperonner.

— Tu devras te mettre bien avec toutes les douairières, s'était moqué Peregrine.

— Je me contenterai d'éloigner les chasseurs de fortune, avait rétorqué le marquis. Sais-tu à combien s'élève celle de Mirabelle ?

Après la réponse du marquis, Peregrine conclut

que les coureurs de dot ne tarderaient pas à tourner autour de la jeune fille comme des mouches.

— J'ai l'intention de la marier au premier parti honnête qui se présentera, avait poursuivi le marquis : je serai ainsi plus vite dégagé de cette lourde responsabilité. Cependant, comme j'appréciais Edouard, bien qu'il fût excentrique, je protégerai sa fille le temps qu'il faudra, jusqu'à ce que ces minables au titre ronflant aient abandonné leurs prétentions.

Peregrine trouvait les sentiments de son ami très louables ; néanmoins, comment pourrait-il faire passer le comte de Branscombe pour un mauvais parti ? Certes, la détermination du marquis de ne pas accorder la main de sa pupille à un homme qu'il haïssait et méprisait était forte. Toutefois, il serait difficile de trouver une raison plausible sans provoquer un scandale.

William IV avait expressément interdit le duel. Pourtant, il arrivait encore aux gentilshommes d'y recourir pour régler leurs différends. Peregrine voulait à tout prix éviter cela.

Il déclara au marquis :

— Je sais parfaitement ce que tu ressens, Linden, mais si le comte décide d'épouser ta pupille, je ne vois pas comment on pourrait l'en empêcher.

— C'est vraiment digne de lui, ce toupet d'annoncer son mariage avant même d'avoir eu la courtoisie de demander son avis à l'intéressée, déclara le marquis, la rage au cœur.

— Il ne connaît que trop ses atouts, et ils sont de taille, répondit Peregrine. Quelle fille refuserait d'épouser le comte de Branscombe, le plus riche propriétaire terrien du pays et, qui plus est, favori du roi ! Ça a l'air d'un véritable conte de fées !

— Et pourtant, nous savons tous deux qu'il est loin d'être un prince charmant.

Peregrine approuva.

— Tu te souviens de Rosie ?

Rosie était une petite danseuse que le comte avait délibérément chipée au marquis, un jour où celui-ci assistait à des courses dans le nord du pays. A son retour, la jeune fille était installée par son rival dans une maison plus grande que celle qu'il lui avait attribuée ; elle disposait de quatre chevaux au lieu de deux pour tirer sa voiture, et était richement parée de bijoux.

Selon toute vraisemblance, le comte avait cherché à marquer un point ; mais il n'avait qu'à moitié réussi, car le marquis n'avait rien montré de sa contrariété, enlevant au comte le plaisir de sa victoire. Il était même allé dire au club que tous deux fréquentaient, sachant que le propos serait répété, qu'il lui était en fait reconnaissant de l'avoir libéré d'une femme de fort peu d'intérêt.

Mais cette histoire devait avoir, à l'avenir, des retombées auxquelles il ne s'attendait pas. N'étant pas parvenu à ses fins, le comte avait résolu de se venger sur la fille. Il lui avait, non seulement retiré tout ce qu'il lui avait donné, ce qui était contraire aux règles observées dans ces sortes de liaisons, mais il l'avait aussi fait renvoyer de la troupe dont elle faisait partie, s'arrangeant pour qu'elle ne trouve plus aucun contrat.

Désespérée, la danseuse, qui mourait de faim, n'avait eu recours à l'aide du marquis qu'en dernier ressort, tant elle craignait sa colère pour s'être mal conduite envers lui. Ce dernier, pourtant, s'était montré magnanime, lui trouvant un engagement dans une troupe ambulante qui, de ville en ville, avait fini par se produire à Londres. Il considérait toutefois que leur liaison était terminée ; de toute façon, il n'aurait jamais accepté de passer derrière le comte. La jeune fille le remercia, des larmes plein les yeux. Alors, le marquis considéra à son tour qu'il avait marqué un point.

Mais ce que venait de lui révéler Peregrine l'inquiétait sérieusement.

— Il va falloir que tu m'aides, Peregrine, dit-il à son ami.

— Telle est mon intention. Mais que pourrions-nous faire pour l'instant ?

— On pourrait demander à la comtesse de retenir Mirabelle en Italie, mais si Branscombe est vraiment décidé à l'épouser, il est bien capable d'aller la chercher à Rome.

Une demi-heure s'écoula avant que le marquis ne réponde :

— Il doit bien y avoir un moyen.

— En effet, et je crois savoir : que penses-tu de lui trouver une autre riche héritière ? suggéra Peregrine. Malheureusement, les filles aussi riches que Mirabelle Chester ne courent pas les rues.

— Je sais, convint le marquis, surtout qu'en plus, elle est jolie et dotée de nombreuses qualités. Enfin, d'après ce que j'ai entendu dire, car je l'ai vue pour la dernière fois lorsqu'elle était au berceau.

— Je suppose que ce ne sont pas ces qualités qui intéressent Branscombe, dit Peregrine avec cynisme.

— Il faut absolument empêcher ce mariage, décréta le marquis. Si Edouard était encore en vie, il emmènerait Mirabelle au sommet de l'Himalaya ou par-delà le désert de Gobi. Mais, je me vois mal agir de cette manière.

— Il y a certainement d'autres héritières à Londres, qui n'attendent que d'être présentées à la reine.

— Si c'était le cas, nous en aurions déjà entendu parler, dit le marquis ; cela n'aurait pu échapper à la princesse de Lieven !

— Et si on lui posait tout de même la question ? suggéra Peregrine.

— Surtout pas ! s'exclama le marquis. La princesse ne pourra s'empêcher d'aller tout répéter à Branscombe.

— J'imagine que rien ne l'arrêtera, si c'est pour de l'argent qu'il fait cela. Mais qui n'en désire pas, à part toi ?

— Pas de digression, Peregrine, s'il te plaît. Il s'agit de Mirabelle. Peut-être pourrais-je la persuader de refuser ce mariage ?

— C'est possible, répliqua Peregrine, mais tu sais très bien que cette union ravira tous tes parents. A part toi, il n'existe pas de meilleur parti que Branscombe. Or, tu ne peux tout de même pas épouser ta pupille.

— Tu as raison. D'ailleurs, il n'est pas question que je me marie, à plus forte raison avec une écolière qui ne connaît rien à la vie.

— Nous voilà revenus à notre point de départ, dit Peregrine : Branscombe joue le rôle du méchant, et ta nièce, celui de la jeune ingénue ignorant tout du sort qui l'attend.

Il parlait avec des mimiques théâtrales, cherchant à faire rire son ami. Celui-ci le coupa net :

— Répète-moi ça !

— Répéter quoi ?

— Ce que tu viens de dire. Il me vient une idée.

— J'ai dit : Branscombe joue...

— Non, la suite, ce qui concerne la fille.

— Eh bien, la jeune ingénue ignorant tout du sort qui l'attend, répéta lentement Peregrine.

— C'est ça ! C'est exactement ce qu'il nous faut !

— Mais qu'est-ce qui te prend ?

— C'est très simple. Il suffit de trouver une jeune fille, douce et innocente, pour prendre la place de ma pupille. Nous ferons croire à Branscombe que c'est Mirabelle. De toute manière, il ne l'a jamais vue.

— Ainsi, tu comptes inventer une fausse Mirabelle et la jeter dans les bras de Branscombe à la place de ta pupille ?

— Exactement ! répondit le marquis. Il se permet bien de tricher aux courses pour m'empêcher de gagner. Eh bien moi, je compromettrai son mariage avec Mirabelle, en lui en présentant une fausse.

— As-tu quelqu'un en tête ?

— Pas encore, mais nous la trouverons cette jeune ingénue, crois-moi, et nous la bichonnerons secrètement dans nos écuries, si je puis parler ainsi. Lorsqu'elle sera fin prête, nous la présenterons au départ des courses matrimoniales, que Branscombe croit déjà avoir gagnées.

— D'accord, mais où la trouveras-tu ?

— Ça, c'est le meilleur de la plaisanterie.

Il marqua un temps d'arrêt, puis d'une voix métallique et dure, déclara :

— Branscombe est un snob : elle viendra du ruisseau. Branscombe est cupide ; elle sera sans le sou. Branscombe veut pour femme une jeune fille d'origine noble : elle n'aura aucune naissance. Pour ma plus grande joie, la mettre entre ses bras sera une leçon qu'il n'est pas près d'oublier.

2

Les deux hommes arrivèrent dans la soirée, à la résidence du marquis, dans le Hertfordshire; ils discutèrent longuement du choix de la personne qui leur permettrait de mener à bien leur projet. Peregrine suggéra de trouver une actrice, mais le marquis objecta aussitôt:

— Si elle joue la comédie, le comte s'en apercevra tout de suite; il faut éviter cela à tout prix.

— Je vois, dit Peregrine, sceptique.

— Je ne tiens pas à être accusé d'escroquerie.

— Qu'entends-tu par là ?

— Eh bien, la fille que nous lui présenterons sera bel et bien ma pupille.

Peregrine regarda son ami, étonné:

— Comment comptes-tu t'y prendre ?

Un sourire amusé retroussa les lèvres du marquis.

— En Orient, nous pourrions nous procurer une esclave sans la moindre difficulté, mais puisque tel n'est pas le cas, nous procéderons autrement.

— Tu ne penses tout de même pas à ces jeunes campagnardes qui finissent dans des bordels, livrées à des hommes qui convoitent leur fraîcheur et leur innocence ?

— Je ne m'abaisserai certainement pas à ce genre

de procédé, répondit sèchement le marquis ; mais il doit bien y avoir des filles à la recherche d'un riche tuteur.

— Des orphelines, par exemple, suggéra Peregrine.

— Mais bien sûr ! Des orphelines, voilà la solution à notre problème. D'autant plus que je patronne deux orphelinats.

— De cette façon, nous n'aurons pas à redouter la colère des parents furieux, déterminés à faire un scandale et à t'extorquer de l'argent.

— Certes, mais il va falloir apporter beaucoup de soin au choix de notre orpheline, observa le marquis avec un sourire sardonique.

Pendant le restant de la soirée, installés dans le magnifique salon d'Alchester Abbey, ils avaient spéculé sur le genre de fille qui conviendrait à leur projet.

La résidence familiale du marquis, antérieure à la suppression des monastères, était une abbaye cistercienne, réputée dans toute l'Angleterre. Elle avait été transformée en gentilhommière ; mais le ravissant cloître et le grand réfectoire, ainsi que la chapelle médiévale avaient été conservés en l'état.

Peregrine, qui avait toujours été sensible à l'atmosphère recueillie d'Alchester Abbey, se demandait souvent pourquoi la religiosité du lieu n'arrivait pas à adoucir le caractère du marquis : mais c'était là quelque chose qu'il ne pouvait dire à son ami. Dans cette affaire, le marquis était prêt à justifier la réputation de dureté qui lui était faite. De toute manière, son ennemi méritait pleinement ce qui allait lui arriver.

Le matin suivant le dîner du Derby, Bennet, le jockey du marquis, fit dire à son maître qu'il désirait le voir. Ce qu'il avait à dire confirmait la perfidie du comte.

— Veux-tu que je vous laisse seuls ? demanda Peregrine, tandis qu'ils passaient de la salle à manger à la bibliothèque.

Le marquis secoua la tête :

— Non, je préfère que tu entendes ce que Bennet a à me dire. Si c'est bien ce que je pense, j'aurai besoin de ton témoignage.

Peregrine leva les mains dans un geste d'épouvante.

— Je refuse absolument d'être mêlé à ta querelle avec Branscombe. C'est un ennemi redoutable, capable du pire pour se venger.

— Je ne te demande pas de te battre avec lui, rétorqua le marquis. Je me charge de ça, mais accorde-moi au moins ton soutien moral, comme tu l'as toujours fait par le passé.

— Je te le donne bien volontiers, répondit Peregrine en souriant. Mais ne compte pas sur moi pour l'affronter.

Le marquis rit.

— Je n'ai jamais cru à ta lâcheté, mais tu te donnes des airs.

— La prudence est parfois meilleure conseillère que la témérité, répondit Peregrine, très sérieux.

Les deux hommes devisaient encore quand le maître d'hôtel les prévint de l'arrivée de Bennet.

— Bonjour, Bennet, dit le marquis. Mon secrétaire vous a-t-il remis votre récompense ?

— Oui, monsieur le marquis, et je vous suis très reconnaissant d'avoir doublé la somme promise.

— J'estime que vous le méritez, étant donné les difficultés que vous avez dû surmonter.

— Justement, je désirerais en parler à Monsieur le marquis.

— Je vous écoute.

— Après les courses, Smith, qui avait bu, ne

surveillait plus ses paroles. Il déclarait à ses collègues qu'il était en colère contre le comte.

— Que disait-il exactement ?

— Il se plaignait de ne pas avoir reçu de prime.

Le marquis se raidit.

— Si je comprends bien, le comte de Branscombe n'a pas donné de récompense supplémentaire à Smith pour avoir conduit son cheval à la victoire, c'est bien cela, n'est-ce pas, Bennet ?

— C'est ce que Smith prétendait. Il trouvait cela inadmissible, car il avait suivi de son mieux les ordres de son maître.

— A-t-il dit en quoi ils consistaient ?

— Il ne s'en est pas caché. Alors que je m'apprêtais à partir, il est venu me prendre à partie :

« C'est de ta faute, Bennet. La prochaine fois, je suivrai les conseils de Monsieur le comte et je vous frapperai avec ma cravache, toi et ton fichu cheval. »

— Qu'avez-vous répondu ?

— Je n'ai pas eu l'occasion de lui répondre. Deux valets d'écurie de Branscombe se sont empressés de l'emmener.

Après quelques instants de silence, le marquis déclara :

— Je vous remercie, Bennet. Vous m'en avez dit suffisamment. En signe de gratitude, vous choisirez les trois chevaux que je compte présenter aux courses d'Ascot. Je suis certain que vous me ferez gagner la coupe d'or, cette fois.

Un large sourire épanouit le visage du jockey :

— Merci, monsieur le marquis. Merci infiniment. J'ai toujours rêvé de participer à cette course !

Bennet quitta la bibliothèque, aux anges. Après son départ, le marquis se tourna vers Peregrine :

— Tu as entendu ? Branscombe a bel et bien demandé à son jockey d'empêcher mon cheval de gagner !

— Certes, mais le témoignage de Bennet ne te sera d'aucune utilité. Devant les commissaires des courses, Smith ne manquera pas de tout nier en bloc.

— Je sais. C'est bien pourquoi je n'ai aucun scrupule à lui rendre la pareille. Mais je tiens à y mettre une forme plus digne de notre rang.

— Je te donne entièrement raison, pourtant ça ne sera pas facile.

Ils décidèrent, néanmoins, d'aller visiter les deux orphelinats construits sur les terres du marquis, avec l'espoir d'y trouver une fille convenable, pour mener à bien leur projet. Aux siècles précédents, les riches construisaient sur leurs domaines des orphelinats et des asiles. Selon cette coutume, celui où ils se rendaient en premier lieu avait été édifié par sa grand-mère. C'était le plus récent des deux.

— Mon grand-père ayant eu un grand nombre d'enfants naturels, j'ai toujours pensé que ma grand-mère avait fait construire cet orphelinat pour l'expiation de ses péchés de chair.

— Espères-tu trouver parmi la progéniture de ton grand-père la jeune ingénue que nous voulons présenter à Branscombe ? Ne crois-tu pas que ses filles ont passé l'âge de jouer un tel rôle ?

— Idiot ! rétorqua le marquis. Il n'en a jamais été question. Je voulais juste t'expliquer pourquoi il y a des orphelinats sur mes terres. On prétend qu'ils sont des modèles du genre.

En affirmant cela, il ne mentait pas.

L'orphelinat en question était un bâtiment agréable. Une vingtaine d'orphelins y vivaient heureux et en bonne santé. L'intendante, une femme très maternelle, fut ravie et émue de la visite du marquis. Elle lui fit visiter l'établissement : tout était propre et en ordre. Sa fierté était justifiée. Mais tous les orphelins étaient très jeunes, ce qui, pour le projet du marquis, présentait un inconvénient majeur. Lorsqu'il le lui fit remarquer, l'intendante déclara :

— Les enfants quittent l'institution à douze ans ; les garçons pour apprendre un métier et les filles pour être placées comme servantes.

— A douze ans ! s'exclama-t-il.

— Oui, monsieur le marquis. Ainsi deux filles sont parties il y a un mois. J'ai entendu dire qu'elles donnaient toute satisfaction à leur employeur.

Déçu, le marquis jeta un regard à Peregrine ; selon toute vraisemblance, leur première démarche n'était pas couronnée de succès.

Après avoir félicité l'intendante de la bonne tenue de l'orphelinat, les deux hommes prirent congé.

— C'était une excellente idée, mais nous nous sommes déplacés pour rien, dit Peregrine en grimpant dans le phaéton derrière le marquis. Nous ne pouvions savoir qu'à douze ans, un orphelin est obligé de travailler.

— Tu crois qu'il en est de même dans tous les orphelinats ? demanda le marquis.

— Je le crains, répondit Peregrine.

— Ce n'est pas certain, dit le marquis, qui ne pouvait se résoudre à voir échouer son projet. Je suis d'avis d'aller voir comment fonctionne l'autre orphelinat.

Après un long trajet vers le sud, ils arrivèrent dans une région moins peuplée. Les villages y étaient sensiblement plus petits.

— Je ne me souviens pas être jamais venu ici, remarqua Peregrine.

— Nous avons déjà chassé dans les environs, répondit le marquis, mais la région est moins giboyeuse que les bois de l'Abbaye.

— Tu possèdes trop de terres, Linden, soupira Peregrine. Comment peux-tu tout contrôler ?

Le marquis s'esclaffa :

— J'ai des régisseurs et des administrateurs qui s'occupent de mes affaires. Jusqu'à présent, tout a été pour le mieux.

Mais Peregrine pensait que le jour où il y aurait un problème, le marquis n'en saurait rien : il habitait en règle générale à Londres. Et lorsqu'il séjournait à l'Abbaye, il restait en joyeuse compagnie, de peur de s'ennuyer, ne se préoccupant pas de la bonne marche de ses affaires. Un peu curieux, Peregrine méditait : comment quelqu'un d'aussi riche que le marquis, qui obtenait tout ce qu'il désirait, pouvait-il s'ennuyer. Bien des femmes auraient souhaité prendre la place d'Isobel, si le marquis décidait de rompre avec elle.

— Je trouve, déclara soudain Peregrine, que tu es trop beau, trop riche et bien trop chanceux !

Le marquis se mit à rire :

— Tu voudrais peut-être que je m'en excuse !

— Tu es bien aussi vaniteux que le comte.

— Répète encore ça, et je te laisse en plan ! Tu rentreras à pied.

— Je savais que tu n'apprécierais pas ma remarque, gloussa Peregrine.

Le marquis s'apprêtait à répliquer, mais il resta silencieux, car l'orphelinat était en vue.

C'était un bâtiment long et bas, situé à l'écart de la route, il était proche d'un village constitué de quelques fermes, d'un square communal et d'une auberge.

Le marquis ralentit ses chevaux et attacha les rênes au dossier de son siège, tandis qu'un valet d'écurie se précipitait au-devant de l'attelage. Puis, ils sautèrent à terre. Peregrine constata, en se dirigeant vers la porte, qu'elle avait bien besoin d'être repeinte. Et, saisissant le heurtoir pour frapper, il le trouva repoussant de saleté.

— La chance ne nous sourit pas ; on dirait qu'il n'y a personne, dit Peregrine.

Il souleva à nouveau le heurtoir et frappa plus fort.

— Si cet endroit est inutilisé, je devrais en être informé, déclara le marquis.

Pourtant, ils entendirent des pas à l'intérieur et, quelques secondes plus tard, on leur ouvrit. Une fille à l'aspect peu engageant apparut dans l'entrebâillement.

Son tablier était troué et sa robe, bien que propre, élimée ; ses cheveux, tirés en arrière, tombaient en mèches raides sur ses oreilles. Ses joues creuses et ses pommettes anormalement saillantes lui donnaient un air maladif.

Elle dévisagea le marquis et Peregrine avec une expression de surprise, puis, comme si elle se rappelait soudainement les bonnes manières, elle fit une révérence.

— Je suis le marquis d'Alchester. Je souhaiterais visiter l'orphelinat. L'intendante est-elle là ?

— O-oui... monsieur le marquis.

Bien que troublée par la question du marquis, la fille ouvrit davantage la porte pour faire entrer les deux hommes. Tout au bout de l'entrée, dépourvue de meubles, se trouvait un escalier. Peregrine nota qu'il manquait plusieurs barreaux à la rampe.

Se dirigeant vers une porte, la fille balbutia :

— Peut-être... Monsieur le marquis... devrait-il attendre ici.

A ce moment-là, un cri retentit au premier étage. C'était le cri de souffrance d'un enfant ; il fut suivi de plusieurs autres, qui résonnèrent dans l'entrée vide.

— Que se passe-t-il ? demanda le marquis, intrigué. Y a-t-il un blessé ?

— N-non... c'est l'intendante.

— L'intendante ? Mais que fait-elle ? Pourquoi ces enfants hurlent-ils ainsi ?

De plus en plus de cris couvraient sa voix. Jetant un regard anxieux vers l'escalier, la fille s'écria :

— Je dois l'arrêter ! Sinon elle va tuer la petite Daisy !

Précipitamment, elle grimpa l'escalier sans tapis ; après un moment d'hésitation, le marquis et son ami lui emboîtèrent le pas. Sur le palier, la fille disparut dans un couloir. Ils la suivirent et aboutirent dans une pièce située à l'arrière de la maison d'où les cris provenaient. La fille y entra et se dirigea vers une femme qui, à l'extrémité de la pièce, frappait des enfants avec un épais bâton. Elle s'acharnait précisément sur un petit garçon de cinq ou six ans et tous les autres hurlaient de terreur. Une petite fille, allongée sur le sol, avait le dos ensanglanté.

— Arrêtez, Mrs Moore ! Arrêtez ! hurla la fille.

Elle agrippait le bras de la femme pour détourner le bâton. Le petit garçon en profita pour s'esquiver.

— Toi, ne te mêle pas de ça ! vociféra Mrs Moore, furieuse. Ces petites vermines m'ont encore réveillée. Je leur avais pourtant dit de se tenir tranquilles. Je vais leur apprendre à obéir, moi ! Je m'en vais les battre jusqu'au sang !

Alors que la femme attrapait une enfant, la fille l'implora :

— Non, Mrs Moore ! Vous ne pouvez faire ça ! Daisy est trop malade.

La femme allait frapper lorsqu'elle aperçut Peregine et le marquis dans l'encadrement de la porte. La stupeur la laissa bouche bée et statufiée. La fille en profita pour lui retirer le bâton des mains.

— Qui est-ce ? finit-elle par demander, retrouvant sa voix.

— Monsieur... le marquis, répondit la fille.

Lâchant le bâton au pied d'un des lits, elle prit dans ses bras le petit garçon que Mrs Moore avait maintenant relâché et qui sanglotait convulsivement.

— Tout va bien, mon chéri. Ne pleure plus ; c'est fini.

A la vue du marquis, les autres enfants avaient cessé de crier. Encore larmoyants, ils le regardaient comme s'il était une apparition surnaturelle. Quant au marquis, il observait la pièce avec consternation. C'était un dortoir contenant plusieurs lits en fer ; la plupart étaient cassés ou rafistolés avec de la corde ou du fil de fer. Les couvertures étaient déchirées et tachées. En tas dans un coin, les oreillers avaient l'air de guenilles sales.

Mrs Moore s'avança vers le marquis. C'était une femme massive, vêtue d'une robe dont l'élégance aurait convenu parfaitement à une femme du monde ; tous ses habits, d'un style raffiné, contrastaient avec ceux des enfants à sa charge et de la fille en haillons. Elle portait également des boucles d'oreilles et de nombreuses bagues qui marquaient la chair de ses doigts boudinés. A sa démarche chancelante, le marquis comprit qu'elle avait bu.

— Monsieur le marquis ! Quelle surprise ! s'exclama-t-elle.

Elle essaya de faire une révérence mais tituba.

— Êtes-vous l'intendante ? demanda le marquis sèchement.

— Oui, monsieur le marquis, c'est moi, répondit la femme sur un ton mielleux. Passez donc au salon. Je vous parlerai des difficultés que je rencontre à l'orphelinat.

Du regard, le marquis jaugeait l'état du dortoir et la pauvre mine des enfants maintenant calmes. Agenouillée, la fille essuya le dos ensanglanté de la fillette allongée.

— Pourquoi cet endroit est-il dans un tel état ? s'enquit d'une voix dure le marquis.

— C'est à cause des enfants. Ces petits voyous détruisent tout ce qu'ils touchent.

Mrs Moore était désormais sur la défensive. Ses yeux glauques et ses lèvres écumeuses donnèrent la nausée au marquis ; il rejoignit la fille agenouillée et l'interrogea :

— Ces enfants sont-ils vraiment si insupportables ?

La fille leva vers lui des yeux implorants, où il décela de l'hostilité.

— S'ils font du bruit, c'est seulement parce qu'ils ont faim.

Il y avait de la réprobation dans sa voix et le marquis crut comprendre qu'elle le rendait responsable de leurs souffrances. Il regarda à nouveau les enfants ; si l'on en jugeait à leur maigreur et leur pâleur, elle disait la vérité : ils étaient sous-alimentés.

— Pourquoi ne leur donne-t-on pas suffisamment à manger ? demanda-t-il avec colère.

La fille allait parler, mais son regard croisa celui de l'intendante, et, visiblement effrayée, elle se tut.

— Ne l'écoutez pas, monsieur le marquis. Ne croyez pas un mot de ce qu'elle dit ! vociféra Mrs Moore. Cette fille est une menteuse. Elle encourage les enfants à être méchants.

— Ça suffit ! s'écria le marquis.

L'ordre incisif coupa net la parole à l'intendante.

— Votre incompétence saute aux yeux. Je vous laisse dix minutes pour partir. Je ne tiens absolument pas à entendre vos justifications. Sachez que je veillerai à ce que plus jamais on ne vous confie une telle responsabilité.

Mrs Moore poussa un cri, mais le marquis lui montra la porte du doigt en disant :

— Dehors !

Seul quelqu'un de très courageux aurait pu discuter un tel ordre.

Le marquis se détourna de l'intendante et questionna la fille toujours agenouillée :

— N'y a-t-il donc pas de nourriture ici ?

— Non, car elle s'approvisionne en boisson et en vêtements avec l'argent de l'intendance.

Le marquis s'apprêtait à lui poser d'autres questions, mais il jugea plus urgent de nourrir les enfants.

— Où est-il possible de s'approvisionner ?

— Maintenant ?

— Oui, immédiatement ! Mon valet rapportera tout ce qu'on peut trouver ici. De retour chez moi, je donnerai l'ordre d'en envoyer davantage.

La fille alla coucher l'enfant qu'elle tenait toujours dans les bras. Elle la recouvrit d'une couverture déchirée, et, comme celle-ci s'accrochait à elle en gémissant, elle demanda l'aide d'une orpheline plus âgée.

— Occupe-toi de Daisy, lui dit-elle, pendant que je montre à Monsieur le marquis où il peut acheter de la nourriture.

Le mot « nourriture » parut tirer les enfants de leur prostration.

— J'ai faim ! cria un des garçons.

Les autres reprirent en chœur :

— Nous avons faim ! Nous avons faim !

Le marquis intervint avec autorité.

— Écoutez-moi ! Je vais vous apporter de quoi manger dans un moment ; en attendant, je vous demande de rester calmes.

Avec des yeux de chiens battus, les orphelins redevinrent tranquilles. L'intervention du marquis avait rétabli l'ordre.

— Je vous écoute, dit-il à la fille, debout à ses côtés.

— Eh bien, il y a une boulangerie au village, et vous trouverez du lait à la ferme.

— Expliquez-moi comment m'y rendre.

— Vous comptez y aller vous-même ?

— Il semblerait qu'il n'y ait personne d'autre pour y aller.

— En effet.

Tout en la questionnant, le marquis se disait qu'il ne devait pas être bien difficile, dans un aussi petit village, de trouver la boulangerie.

— La fermière aura peut-être du jambon, suggéra la fille, à moins que ce ne soit trop cher.

Le marquis fronça les sourcils.

— Sachez bien que je ne regarde pas à la dépense. Une autre chose : dites-moi qui est responsable de l'état de cet endroit.

Il lut dans les yeux de la jeune fille qu'elle le savait fort bien.

— Dites-le-moi ! exigea-t-il.

Au lieu de répondre, elle supplia :

— Je vous en prie... donnez-nous d'abord à manger. Les enfants n'ont rien eu aujourd'hui, et très peu, hier.

— Très bien, approuva le marquis. Descendons et vous me donnerez les indications nécessaires.

Lorsqu'ils débouchèrent dans l'entrée, le marquis dit à Peregrine qui les suivait :

— Si tu pouvais rester ici, Peregrine, et veiller au départ de cette horrible femme, tu me rendrais un grand service. Je ne serai pas long.

— J'ai une meilleure idée, rétorqua Peregrine. Ne serait-il pas préférable que je fasse les courses à ta place ? Pendant mon absence, tu pourrais interroger cette fille.

Une lueur amusée brilla dans le regard du marquis. Il pensait que son ami redoutait de rester seul avec l'intendante ivre.

— D'accord, convint-il néanmoins.

Il ouvrit la porte d'entrée et, tandis que Peregrine montait dans le phaéton et s'emparait des rênes, il dit à son valet :

— Accompagnez Mr Wallingham, Jason. Je vous charge d'acheter tout ce que vous pourrez trouver dans ce village pour nourrir un grand nombre d'enfants affamés. Peu importe le prix. Avez-vous bien compris ?

— Oui, monsieur le marquis.

— S'il vous plaît, dit une petite voix derrière le marquis, rapportez surtout beaucoup de lait. Il serait préférable que les enfants boivent. S'ils mangent trop après avoir eu faim si longtemps, ils risquent de tomber malades. La ferme est après l'auberge. Vous ne pouvez pas la rater.

— Ne vous inquiétez pas, mademoiselle, dit Jason ; je trouverai.

— Tenez, voici de l'argent, dit le marquis en tendant sa bourse au valet.

— Je pensais qu'on vous ferait crédit, railla Jason, ironique.

Le marquis ne releva pas cette impertinence.

— Dépêchez-vous ! dit-il. Les enfants vont trouver le temps long jusqu'à votre retour, et moi aussi.

Jason s'empara de la bourse, toucha son front en signe d'adieu, grimpa dans le phaéton. L'attelage s'ébranla et le marquis rentra dans la maison.

— A nous deux, dit-il à la fille. J'ai de nombreuses questions à vous poser.

La fille hésita un moment, puis elle le fit entrer dans une pièce qui, par son luxe, contrastait avec celles que le marquis avait vues jusqu'à présent : c'était le salon de l'intendante.

Il était petit, mais confortable, meublé d'un sofa et de quelques fauteuils. Un bon feu flambait dans la cheminée. De nombreuses bouteilles vides jonchaient la table et le plancher.

— Elle doit être dans sa chambre, en train de faire ses bagages, observa la fille.

Le marquis se tenait debout, le dos au feu. Se sentant soudain coupable de porter des hardes dans un décor aussi élégant, la fille défit son tablier, le plia et le posa sur une chaise. Pourtant, sa robe n'était pas dans un meilleur état. Usée jusqu'à la corde et raccommodée de toutes parts, elle la serrait à la poitrine, bien qu'elle fût maigre. Elle lui était également trop courte. Le marquis se dit qu'elle avait dû grandir avec.

— Comment vous appelez-vous ? s'enquit-il pour commencer.

— Je m'appelle Kistna, monsieur le marquis.

— Kistna ?

— Oui, je suis née aux Indes.

— Depuis combien de temps êtes-vous ici ?

— Trois ans.

Au ton qu'elle employa, le marquis comprit que ces années avaient été un long calvaire.

— Quel âge avez-vous ?

— Dix-huit ans, monsieur le marquis.

Il s'apprêtait à lui demander pourquoi, vu son âge, elle se trouvait encore à l'orphelinat, mais elle, devançant sa question :

— Quand mon père et ma mère sont morts du choléra, la mission nous a envoyées ici, ma sœur et moi. Ma sœur n'avait alors que huit ans.

— Elle est toujours là ?

— Elle est décédée l'hiver dernier... à cause du froid et du manque de nourriture.

A nouveau, le reproche transparaissait dans la voix de Kistna.

— Et quand Mrs Moore est-elle arrivée ?

— Cela fera bientôt deux ans. Avant elle, nous

avions une intendante qui était très gentille, mais Mr Harboard, le régisseur de Monsieur le marquis, nous l'a retirée. Il la trouvait, soi-disant, trop âgée.

— Était-ce le cas ?

— Pas vraiment... mais je crois qu'il voulait mettre Mrs Moore à sa place, car celle-ci était prête à faire... ce qu'il voulait.

Kistna souffla cette dernière phrase tout en jetant un regard anxieux vers la porte, comme si elle redoutait de voir apparaître Mrs Moore.

— Ne craignez rien, la rassura le marquis. Tout ce qui s'est passé ici ne se reproduira plus jamais, faites-moi confiance.

La jeune fille joignit les mains.

— Je suis heureuse d'entendre ces paroles de la bouche de Monsieur le marquis. J'ai souvent pensé à vous appeler, car j'étais sûre que vous n'approuveriez pas les agissements de Mrs Moore et Mr Harboard.

— Asseyez-vous donc ; vous semblez prête à vous évanouir.

— Merci, monsieur.

Kistna s'assit au bord du sofa, tandis que le marquis restait debout ; au bout d'un moment, il déclara :

— Je viens de visiter l'autre orphelinat que je patronne, et la différence avec celui-ci est à peine croyable. Dites-moi toute la vérité, je pourrai mieux comprendre.

— Quand Mrs Owen s'occupait de nous, tout allait bien ; elle était bonne et très consciencieuse.

La jeune fille marqua un temps d'arrêt avant de poursuivre :

— Elle m'a permis de rester auprès de ma sœur malade, alors que normalement j'aurais dû chercher un emploi.

Elle s'interrompit et le marquis la relança :

— Et après la mort de votre sœur ?

— La nouvelle intendante, Mrs Moore, m'a trouvée... utile. Avec l'approbation de Mr Harboard, elle a renvoyé les femmes de ménage et la cuisinière et j'ai... pris leur place.

— Mais pourquoi ont-ils fait cela ?

Kistna baissa les yeux puis, se sentant obligée de dire la vérité, elle avoua :

— C'était pour eux un moyen de faire des économies, car ils n'avaient pas à me payer.

— Ainsi, l'argent destiné à l'orphelinat allait dans leurs poches, n'est-ce pas ? enchaîna le marquis consterné.

— Je ne pense pas qu'il en revenait beaucoup à Mrs Moore, Mr Harboard la fournissait en boissons et en robes. Il lui faisait également... d'autres cadeaux.

— Pourquoi ? demanda le marquis.

Les joues de la jeune fille s'empourprant, le marquis dit vivement :

— Je comprends. Continuez !

— Je les entendais souvent parler. Je suppose que ce n'était pas le seul endroit d'où il détournait de l'argent. Je vous en prie... pardonnez-moi ! s'écria Kistna, voyant le visage du marquis s'assombrir. Je n'aurais pas dû vous raconter tout ça. Ça ne me regarde pas, et Mr Harboard est votre employé.

— Plus pour longtemps, répondit le marquis d'une voix menaçante. Et ne vous excusez pas, Kistna : je vous avais demandé d'être franche. D'ailleurs, personne d'autre que vous n'aurait pu aussi bien m'informer. Je vous promets que plus jamais de tels événements ne se reproduiront.

— Merci, dit Kistna. Voir les enfants souffrir ainsi a été un horrible cauchemar. Trois sont morts, l'hiver dernier. Mrs Moore prétendait qu'ils avaient succombé à un accès de fièvre ; en réalité, ils sont morts de froid et de faim. (Elle poursuivit en sanglotant :) Ils se réveillaient la nuit, tellement ils étaient affamés ! J'avais beau supplier Mrs Moore, elle refusait de faire quelque chose.

— Croyez-moi, jamais, plus jamais, ces enfants n'auront faim ni froid ! Pensez-vous que la dernière intendante serait prête à revenir ? Quel est son nom déjà ?

— Mrs Owen ? Si Monsieur le lui demandait, je suis sûre qu'elle reprendrait volontiers sa place. Elle habite le village, et nous rendait visite régulièrement jusqu'au jour où Mrs Moore lui a ordonné de ne plus remettre les pieds ici. Elle m'a interdit de lui ouvrir.

— Je vais aller la voir. Elle doit savoir où acheter des vêtements et des couvertures pour les enfants, ainsi que les autres objets de première nécessité.

— C'était terrible, l'hiver dernier, murmura Kistna, en approuvant les propos du marquis.

A cet instant, la porte s'ouvrit brusquement et Mrs Moore fit irruption. La jeune fille sursauta.

L'intendante portait cape et bonnet. Après avoir évité le regard du marquis, elle fusilla Kistna des yeux.

— Je vois que cette fille ne se gêne pas pour raconter des tas de mensonges sur mon compte. Eh bien, je pars, mais j'emporte ces bouteilles, car elles sont à moi.

Elle ramassa les bouteilles qui se trouvaient sur la table et les plaça dans un panier. Puis, se tournant vers Kistna, effrayée, elle dit avec méchanceté :

— Petite moucharde, je te souhaite de mourir comme ta sœur. Je serai ainsi débarrassée de toi comme des autres ! J'en ai soupé des enfants !

Sur ces paroles, elle se précipita vers la porte et la claqua derrière elle.

Kistna tremblait de tous ses membres.

— Oubliez-la, lui dit le marquis. Elle ne pourra plus vous faire de mal. Ma visite d'aujourd'hui met un terme à vos souffrances. Vous pouvez en remercier le ciel.

— Bien sûr, monsieur le marquis, sans votre venue, nous serions tous à l'agonie.

A peine la jeune fille avait-elle fini sa phrase qu'un bruit de conversation leur parvint. Ils reconnurent Mrs Moore qui parlait à un homme.

Kistna sauta sur ses pieds.

— Votre domestique doit être de retour, avec de la nourriture !

Elle traversa la pièce en courant et alla ouvrir la porte. En effet, Jason était dans l'entrée avec un panier rempli de miches de pain. La jeune fille eut le temps de voir Mrs Moore disparaître dans l'allée conduisant à la route.

— Vous rapportez des provisions ! s'exclama joyeusement Kistna.

— Beaucoup de provisions, répondit Jason en souriant. Attendez seulement que je vide le phaéton.

Jason s'adressait à Kistna sur un ton familier. Apercevant le marquis dans l'embrasure de la porte, il ajouta plus respectueusement :

— Comme Monsieur le marquis me l'avait demandé, j'ai acheté tout ce que j'ai pu trouver.

— Parfait, approuva le marquis.

Soudain, comme si le mot « nourriture » leur était parvenu aux oreilles, les enfants postés sur le palier pour mieux entendre ce qui se disait en bas, dévalèrent les escaliers en poussant des cris. Personne, ni Kistna ni Jason ne put les empêcher de se jeter sur les miches de pain. Alors ils en arrachèrent de gros morceaux et s'en goinfrèrent.

Le marquis s'apprêtait à rétablir l'ordre, mais Kistna l'en dissuada d'un signe de tête, tout en lui mettant d'autorité deux miches de pain dans les bras.

— Laissez-les manger tout ce qu'ils peuvent, lui dit-elle, et tenez-moi ça pendant que je vais faire chauffer le lait pour les petits.

Le marquis n'eut pas le temps de protester. Déjà, la jeune fille filait dehors. S'avançant alors sur le pas de la porte, il vit Peregrine qui s'efforçait de maîtriser les chevaux, car leurs brusques mouvements risquaient de renverser l'énorme bidon de lait que Kistna essayait de retirer à l'arrière du phaéton. Le marquis se dirigea vers l'attelage et dit à son ami avec une pointe d'ironie dans la voix :

— Va donc aider Kistna, je m'occupe des chevaux.

Peregrine tendit les rênes au marquis qui les saisit fermement bien qu'il eût les bras encombrés. Puis il aida Kistna à porter le lait jusqu'à la cuisine. Ensuite, la surprenante efficacité de Kistna fit merveille. Elle fit mettre la table à certains des enfants les plus âgés. D'autres coupèrent le pain et le trempèrent dans le lait pour les six plus jeunes. Parmi eux se trouvaient la petite fille au dos lacéré et Daisy, encore à moitié groggy à la suite de la raclée que lui avait donnée Mrs Moore. Les orphelins mangèrent cette soupe au lait, tandis que Peregrine et le marquis découpaient les jambons et un poulet cuit rapportés par Jason. Un homme du village vint s'occuper des chevaux, et Jason fut alors chargé de surveiller les enfants. Il avait fort à faire, car les grands dérobaient de la nourriture aux petits, mais il s'acquitta de sa tâche à merveille.

Quand tous furent rassasiés, le marquis, qui s'était éclipsé pendant le repas, fit une entrée triomphale avec l'ancienne intendante, Mrs Owen.

C'était manifestement le genre de femme à qui on pouvait confier des enfants sans la moindre crainte ; avec émotion, elle raconta au marquis son impuissance devant les mauvais traitements infligés aux orphelins. Elle ajouta que tout le village avait été scandalisé par la conduite de Mrs Moore, mais personne n'avait rien pu faire, car l'intendante était une bonne amie de Mr Harboard.

— Vous auriez dû m'écrire, observa le marquis.

— Nous y avons bien pensé, monsieur le marquis, répondit Mrs Owen, mais nous nous sommes dit que Mr Harboard, le régisseur, intercepterait notre lettre et que vous ne la recevriez sans doute jamais à Londres.

Le marquis, furieux contre lui-même, se promit de ne plus jamais négliger ses responsabilités et de se méfier de qui il employait pour gérer ses affaires. « On n'est jamais si bien servi que par soi-même ! » lui disait souvent sa gouvernante, quand il était enfant. Comme elle avait raison ! constata-t-il avec amertume.

— Je vous demande de remettre de l'ordre dans cet établissement et de veiller à ce que ces orphelins aient tout ce dont ils ont besoin. Ne regardez pas à la dépense !

En lui proposant de réintégrer son ancien poste, aucune femme de cœur n'aurait refusé son offre, pensait-il. En effet, l'intendante avait accepté avec joie, décidant aussitôt de partir et de faire suivre ses effets personnels.

Les enfants lui firent un accueil enthousiaste, ce qui, de prime abord, était bon signe.

— Y a-t-il eu des nouveaux depuis mon départ ? s'enquit-elle auprès de Kistna.

La jeune fille fit non de la tête.

— Mrs Moore répondait toujours, quand il y avait des demandes, que nous étions complets. Pourtant, nous disposions de deux chambres vides.

Elle jeta au marquis un regard qui en disait long. Les choses étaient claires ; les raisons du refus de Mrs Moore étaient les mêmes que celles qui la poussaient à ne pas déclarer les morts : moins elle avait de bouches à nourrir, plus elle économisait d'argent pour elle et Mr Harboard sur les sommes attribuées à l'orphelinat.

Au moment du départ, le jeune homme était dans une rage folle et déterminé à renvoyer son régisseur dès son arrivée à l'Abbaye.

Il serra la main de Mrs Owen et lui promit de lui faire parvenir, au plus vite, d'autres provisions. Il s'apprêtait à monter dans son phaéton, quand Peregrine s'approcha de lui et demanda :

— Es-tu sûr de n'avoir rien oublié, Linden ?

— Je ne pense pas, répondit le marquis.

Il avait discuté avec Mrs Owen de l'achat de vêtements et de meubles, du retour de la cuisinière et de la femme de ménage ; il avait également donné à l'intendante son accord pour réemployer les jardiniers et les autres domestiques congédiés par Mr Harboard, afin de s'approprier leurs salaires. Aussi ne voyait-il pas à quoi son ami faisait allusion.

— Tu ne te rappelles donc plus la raison qui nous a conduits ici ? chuchota Peregrine.

Le marquis ne semblait pas comprendre. Peregrine poursuivit :

— Il me semble que Kistna est la fille que nous cherchions, ne crois-tu pas ?

Le marquis eut l'air surpris, puis il jeta un coup d'œil dans la cuisine. Par la porte entrouverte, il aperçut la jeune fille attablée qui faisait manger Daisy, assise sur ses genoux. Intimidée par le regard du marquis, la petite fille cacha son visage contre l'épaule de Kistna, qui lui sourit et déposa un baiser dans ses cheveux. Puis elle prit l'enfant famélique dans ses bras comme un nourrisson et s'engagea dans le couloir.

— Je vais coucher Daisy, dit-elle au marquis, lorsqu'elle l'eut rejoint. Si elle ne va pas mieux demain matin, sera-t-il possible d'appeler le docteur ?

La jeune fille semblait nerveuse comme si elle demandait une faveur.

De toute évidence, Mrs Moore n'avait jamais fait venir le médecin ; indifférente aux souffrances des orphelins, elle s'était seulement occupée de faire tomber l'argent dans les poches de son amant, à chaque décès.

— Bien entendu ! Et même ce soir, si cela est nécessaire, répondit le marquis.

Les yeux de Kistna, enfoncés dans leurs orbites, brillèrent d'un éclat de joie. Elle ébaucha un sourire gracieux et, comme elle s'apprêtait à monter l'escalier, le marquis s'aperçut que Peregrine attendait sa réponse.

— Tu as raison, lui dit-il. Cette fille a l'esprit vif. Une fois nourrie correctement, elle sera certainement séduisante. Nous viendrons la chercher demain.

3

— Je ne comprends pas, dit Kistna.

Le marquis sembla chercher ses mots, puis déclara :

— C'est très simple. Je me sens responsable des souffrances que vous avez endurées ces dernières années. Aussi ai-je décidé de faire de vous ma pupille.

— Votre pupille ?

La jeune fille ne paraissait pas très bien saisir ce que cela représentait. C'est pourquoi le marquis expliqua :

— En faisant de vous ma pupille, je m'engage à vous fournir tout ce dont vous aurez besoin et me charge de vous introduire dans la haute société, une fois vos forces retrouvées.

Kistna le regarda avec incrédulité, puis répondit d'une voix tremblante :

— Vous... avez vraiment... cette intention ?

— Je tiens toujours mes promesses.

— Jamais je n'aurais cru qu'une chose aussi merveilleuse puisse m'arriver ! Si seulement papa et maman étaient encore là pour vous remercier ! Excusez-moi, mais j'ai du mal à trouver les mots pour vous exprimer ma reconnaissance.

— Vous n'avez pas à me remercier.

Peregrine, qui écoutait cette conversation, devina l'embarras de son ami.

La veille au soir, ils s'étaient mis d'accord sur le fait que la meilleure chose à faire était de proposer à Kistna de devenir réellement la pupille du marquis.

— Moins elle jouera la comédie, mieux ce sera, avait dit ce dernier. Branscombe est loin d'être un imbécile, il risquerait d'avoir des soupçons.

Les deux hommes avaient débattu jusqu'à une heure tardive et Peregrine avait fini par se rallier au point de vue de son ami.

Dès son arrivée à l'Abbaye, tôt le matin, le marquis convoqua son régisseur et exigea son départ immédiat.

— Vous savez aussi bien que moi que l'exil est la plus légère des peines encourues pour vol. Toutefois, votre conduite est si ignoble que je n'ose en informer les autorités; je me contenterai donc de vous chasser.

L'homme eut une lueur d'espoir dans les yeux mais il déchanta lorsque le marquis ajouta:

— Mais il vous sera interdit de rien emporter, pas même vos effets personnels qui, selon toute probabilité, ont été achetés avec l'argent que vous m'avez soutiré. Vous partirez avec, pour tout bagage, juste vos vêtements sur le dos.

— Mais comment ferai-je pour vivre, monsieur le marquis ? gémit l'homme.

— Souffrir de la faim vous donnera une idée de ce que vous avez fait endurer à ces pauvres enfants, répondit sèchement le marquis. Maintenant, sortez ! Si jamais je vous revois par ici, je vous fais arrêter.

Après le départ du régisseur, le marquis fit venir sa gouvernante.

Mrs Dawes était au service de la maison depuis

plus de vingt ans. Bien qu'elle fût d'une grande bonté, elle n'en menait pas moins l'Abbaye à la baguette.

Elle pénétra dans le salon dans un bruissement soyeux ; ses longs cheveux châtains tombaient sur sa robe noire.

Elle fit une révérence respectueuse et le marquis lui dit :

— Bonsoir, Mrs Dawes. J'ai besoin de votre aide.

Il n'y avait pas l'ombre d'un doute que l'incident de l'orphelinat était maintenant connu de tous les serviteurs. Jason avait dû s'empresser de colporter l'histoire. Mrs Dawes, pensive, devait déjà se demander comment elle pourrait être utile à ces pauvres orphelins.

— Vous avez probablement entendu parler de la gestion désastreuse de l'orphelinat de Westbury Village ?

— Une telle affaire ne se serait jamais produite si certaines personnes, dont je tairai le nom, s'étaient montrées dignes de confiance.

— Ça ne se reproduira pas. J'ai chargé l'ancienne intendante de rétablir l'ordre. Toutefois, en visitant cet établissement, j'ai découvert une regrettable erreur : à son arrivée des Indes, on y a envoyé ma pupille au lieu de la conduire à l'Abbaye.

— C'est terrible, monsieur le marquis ! s'écria la gouvernante, stupéfaite de l'annonce de cette incroyable nouvelle.

— Oui, c'est vraiment terrible, Mrs Dawes. C'est pourquoi il nous faut réparer par tous les moyens possibles les torts qu'elle a subis.

— Et qu'attendez-vous de moi, monsieur le marquis ?

— Demain matin, j'enverrai chercher à Londres une couturière pour habiller Kistna.

Le marquis avait décidé que la jeune fille continuerait à se faire appeler par son prénom. Ainsi, elle aurait moins de difficultés pour jouer son rôle lors de sa rencontre avec le comte.

Mrs Dawes hocha la tête sans faire de commentaires, et le marquis poursuivit :

— L'ennui, c'est qu'actuellement Kistna est en haillons, et je ne veux à aucun prix que l'on apprenne sa mésaventure.

— Oh, bien sûr, monsieur le marquis, acquiesça la gouvernante, compréhensive.

— Je vous demanderai donc, Mrs Dawes, de lui procurer des vêtements décents pour recevoir la couturière, ainsi qu'un bonnet et un manteau pour le trajet de l'orphelinat à l'Abbaye.

— Monsieur le marquis peut me faire confiance. Cela ne sera pas bien difficile, car vos invitées abandonnent souvent des robes qu'elles ne veulent plus porter ; j'en ai récupéré plusieurs, pensant qu'elles pourraient un jour servir à quelqu'un. Mrs Barnes, la retoucheuse, se trouve justement à l'Abbaye en ce moment ; elle les retouchera pour notre jeune demoiselle.

— Je vous remercie, Mrs Dawes, dit le marquis.

Le lendemain matin, quand il reprit le chemin de l'orphelinat en compagnie de Peregrine, il emportait à l'arrière du phaéton une petite malle et un carton à chapeaux. Kistna aurait l'air d'une tout autre personne lorsqu'ils la ramèneraient.

En arrivant à l'institution, ils constatèrent que les enfants avaient déjà meilleure mine. Ils étaient plus propres et mieux habillés. Le marquis comprit que les gens du village leur avaient fourni des vêtements en attendant que Mrs Owen fasse les emplettes nécessaires à la ville la plus proche.

Ravi, un petit garçon vint leur dire que ce matin, au petit déjeuner, ils avaient mangé des œufs et du bacon ; un autre ajouta qu'on leur avait aussi servi du miel et du lait chaud. Ils semblaient croire, fit observer Peregrine, que tout ça leur tombait des cieux.

Après des adieux émouvants, Kistna monta dans le phaéton. La jeune fille resta silencieuse pendant le trajet. Elle semblait prendre pour un rêve ce qui lui arrivait et craindre de le voir s'évanouir.

La voyant, maintenant, vêtue de la robe que lui avait procurée Mrs Dawes avant le déjeuner, le marquis ne put s'empêcher de la trouver laide et presque grotesque, tant elle était maigre. Mais il se dit que, bien nourrie et heureuse, elle deviendrait peut-être présentable.

La robe qu'elle portait la vieillissait et, bien que la retoucheuse l'ait considérablement rétrécie à la taille, elle était encore bien trop grande pour elle. Pourtant, habillée ainsi, la jeune fille paraissait correcte, malgré les os saillants de ses poignets, ses yeux cernés et ses joues creuses. Elle évoquait un très jeune oiseau sans plumes. Si le comte la voyait ainsi, il n'en voudrait certainement pas pour femme, quelle que soit sa fortune. Il faudrait attendre qu'elle se remplume pour la lui présenter.

Alors que Kistna versait des larmes de reconnaissance, le marquis se culpabilisait. Il s'en voulait de ses calculs que la jeune fille prenait pour de la philanthropie. Puis il se donna bonne conscience, se disant que pas une femme dans tout le pays ne serait mécontente d'épouser le comte, car un tel mariage était garant d'une position sociale inégalée.

— C'est un très grand honneur pour moi d'être votre pupille, dit Kistna, mais supposez que je vous déçoive et que vous regrettiez votre geste ? Peut-être serait-il préférable que j'apprenne un métier, comme j'en avais l'intention, quand je suis arrivée en Angleterre.

— A quinze ans ?

— J'avais pensé pouvoir entrer comme apprentie chez une couturière.

Le marquis savait que les apprentis menaient une vie difficile. Les salaires étaient si bas que la plupart souffraient de la faim comme Kistna à l'orphelinat.

— Être ma pupille présente beaucoup plus d'agréments, répondit-il, j'en suis sûr !

— Je n'en doute pas, convint Kistna. Mais ça me fait... un peu peur.

Elle observa la pièce, semblant prendre conscience pour la première fois de sa grandeur et de son luxe, puis dit d'une toute petite voix :

— Papa et maman étaient missionnaires, ce qui explique notre pauvreté. Vous menez une vie si fastueuse que je crains de ne pas être à la hauteur.

Pendant le déjeuner, le marquis avait remarqué que Kistna attendait de voir quels couverts Peregrine et lui utilisaient pour suivre leur exemple. Son comportement était intelligent. De plus, elle mangeait avec délicatesse. Étant donné son langage châtié, il était clair que ses parents étaient de bonne famille.

— En attendant que vous récupériez et que vous vous étoffiez, le mieux est de rester tranquillement à l'Abbaye. Pendant ce temps, je constituerai la garde-robe dont vous aurez besoin lorsque vous serez en état de voir des gens.

— L'Abbaye est l'endroit idéal où récupérer ! déclara la jeune fille.

— C'est ce que j'espérais vous entendre dire. Mr Wallingham et moi-même vous initierons aux usages. Vous ne pouvez pas aller à Londres sans les connaître.

Peregrine interrogea le marquis du regard.

Les deux hommes n'avaient pas encore trouvé comment ils procéderaient pour présenter Kistna au comte. Selon Peregrine, il était préférable que le comte apprît le séjour de la jeune fille à l'Abbaye et qu'il s'y fît inviter. Il soupçonnait son ami d'insister sur l'importance des convenances pour que Kistna comprenne combien elle devait travailler dur, afin de briller en société. Il observa aussi à quel point la jeune fille était sensible ; pendant que le marquis lui parlait, ses yeux reflétaient ses émotions comme un miroir. Il se demandait, tout comme son ami, à quoi elle pourrait bien ressembler après avoir pris quelques kilos.

Entre temps, le marquis avait poursuivi :

— Mrs Owen a dû vous dire qu'une couturière arriverait de Londres en fin d'après-midi avec des robes qui vous sont destinées ; elles vous en confectionnera d'autres par la suite. Peut-être devriez-vous aller vous reposer maintenant ?

— Vous avez raison, répondit Kistna, docile. Mais me serait-il possible... j'aimerais... emprunter à Monsieur le marquis... quelques livres. J'en ai vu plusieurs dans la bibliothèque.

— Vous aimez la lecture ?

— Oui, mais malheureusement, je n'ai rien eu d'autre à lire à l'orphelinat, pendant trois ans, que la Bible.

Elle ajouta avec un sourire timide :

— C'est l'unique chose que j'ai gardé de mes affaires ; j'ai distribué aux enfants les autres objets que j'avais rapportés des Indes.

Le marquis l'imaginait bien distribuant aux pauvres orphelins tous les vêtements chauds qu'elle possédait.

Arrachant Kistna à ses souvenirs, il dit :

— Vous trouverez, en effet, à l'Abbaye, un grand choix de livres. Je vais demander à mon bibliothécaire de vous montrer où sont rangés les derniers romans à la mode, notamment ceux de Walter Scott.

— Il y a tant de choses que je voudrais lire, déclara la jeune fille d'une voix vibrante.

Puis, les larmes aux yeux, elle continua :

— J'ai du mal à croire que je suis votre pupille et que je vis dans une maison aussi magnifique. J'ai l'impression de rêver.

— Vous ne rêvez pas.

— Comment pourrais-je jamais vous remercier ?

— Vous m'avez déjà suffisamment remercié, dit le marquis avec fermeté. Vous allez finir par m'embarrasser, Kistna, avec votre reconnaissance. Si vous tenez vraiment à me remercier, je préférerais que ce soit par des actes plutôt que par des paroles.

— Qu'entendez-vous par là ?

— Que vous fassiez tout ce que je vous demanderai : par exemple, prendre du poids au plus vite.

Kistna eut un petit rire.

— C'est exactement ce que Mrs Dawes m'a conseillé. Elle m'a déjà fait boire deux grands verres de lait depuis mon arrivée.

— Vous découvrirez que Mrs Dawes fait toujours pour le mieux ; obéissez-lui, tout comme à moi.

— Je ne désire que... vous plaire, admit Kistna en toute simplicité, et elle se dirigea vers la porte.

Après son départ, le marquis se tourna vers Peregrine.

— Que penses-tu de notre protégée ? lui demanda-t-il.

— Elle est intelligente, cela ne fait aucun doute. Je suis juste curieux de savoir combien de temps il lui faudra pour ne plus avoir que la peau sur les os.

— Bien vêtue, elle serait déjà bien différente ; grâce aux beaux habits dont je vais la parer, elle reprendra vite confiance en elle.

— Je connais l'importance que tu accordes aux

atours d'une femme, se moqua Peregrine, mais je pense qu'en ce qui concerne Kistna, ce ne sont pas les vêtements qui la rendront digne d'intérêt, mais son caractère.

Le marquis protesta d'un geste de la main.

— Pour l'amour du ciel ! s'exclama-t-il. La personnalité de cette fille est bien la dernière des choses qui nous intéresse. Tout ce qui nous importe est qu'elle soit douce et docile, et qu'elle remercie le ciel de lui offrir un mari comme Branscombe.

Après un court silence, Peregrine répondit :

— Je crois Kistna supérieure à beaucoup de filles de son âge. Elle a vécu aux Indes avec son père et sa mère ; elle a, d'autre part, beaucoup souffert en Angleterre ; je doute que tu puisses lui imposer tes quatre volontés.

— Si elle est vraiment aussi intelligente que tu le prétends, elle comprendra très bien pourquoi elle doit se faire passer pour Mirabelle et que son intérêt est d'épouser Branscombe.

— Je suis sûre qu'elle jouera son rôle à merveille, en admettant, toutefois, qu'elle accepte de se prêter au jeu.

— Elle remerciera sa bonne étoile de lui fournir l'occasion de vivre dans le confort et l'aisance jusqu'à la fin de ses jours.

Le marquis parlait d'un ton tranchant ; il était inutile de poursuivre cette conversation. Peregrine lui proposa d'aller faire du cheval.

Lorsqu'ils revinrent, quelques heures plus tard, la couturière était arrivée.

C'était une femme intelligente qui avait fait de son commerce l'un des plus prospères de Bond Street. Par le passé, le marquis avait amené bon nombre de maîtresses et amies à la boutique de Mme Yvonne. Elle savait se montrer discrète et n'évoquait jamais, en présence de la dame, les autres fois où le marquis était venu chez elle, dans des circonstances semblables.

Elle accueillit son client avec une révérence, et attendit ses ordres.

— Je compte sur vous, madame, pour habiller ma pupille à la dernière mode. Sa garde-robe devra surpasser celles de toutes les autres débutantes.

Les yeux de Mme Yvonne brillèrent d'une excitation qu'elle ne put dissimuler. Toutefois, elle répondit posément :

— Comme d'habitude, je ferai tout mon possible pour satisfaire Monsieur le marquis.

— De plus, je vous demanderai autre chose.

— Quoi, monsieur le marquis ?

— Il faudra que vous gardiez le silence sur la présence à l'Abbaye de ma pupille.

Il lut la suprise sur le visage de Mme Yvonne et expliqua :

— Miss Kistna a été très malade ; vous comprendrez sans doute que ce serait pour elle un grave handicap, si l'on venait à savoir qu'elle a une mauvaise santé.

Mme Yvonne acquiesça et le marquis poursuivit :

— C'est pourquoi, madame, il est important que personne n'apprenne sa présence ici jusqu'à ce qu'elle soit suffisamment rétablie pour porter vos robes et fréquenter les salles de bals.

— Vous pouvez me faire confiance, monsieur le marquis, répondit la couturière. Je serai muette comme la tombe.

— Merci, dit le marquis. De plus, je désire pour ma pupille ce qu'il y a de meilleure qualité. Ne lésinez pas : c'est une riche héritière.

En parlant ainsi, il risquait de voir sa note augmenter, mais il comptait sur les indiscrétions de Mme Yvonne pour que l'arrivée à l'Abbaye de la riche héritière qu'était censée être Kistna fût ébruitée.

Il savait, en effet, qu'elle ne pourrait tenir sa langue très longtemps.

Cela cadrait parfaitement avec ses plans, songeait le marquis, en se félicitant de penser à tout.

En plus des robes que Mme Yvonne avait apportées aujourd'hui à Kistna, d'autres ne tarderaient pas à arriver. Il alla prévenir Mrs Dawes.

— Comment miss Kistna a-t-elle accueilli la perspective d'avoir de nouveaux vêtements ? demanda-t-il.

— Je n'ai jamais vu jeune fille aussi ravie, répondit Mrs Dawes. J'ai attendu qu'elle se calme pour l'envoyer se coucher. Épuisée comme elle était, je suis prête à jurer qu'elle dort déjà à poings fermés.

— Je savais qu'elle serait en de bonnes mains, en vous la confiant, Mrs Dawes.

Alors, la gouvernante rougit de plaisir.

Lorsqu'il revit Kistna au dîner, elle lui sembla déjà être une autre personne.

La jeune fille était si pâle que Mrs Dawes ne l'avait pas habillée en blanc, couleur généralement réservée aux débutantes. Elle portait une ample robe pervenche à manches ballon qui dissimulait sa maigreur. Un peu de rouge sur les joues ne parvenait pas à transformer son visage émacié. Mrs Dawes ou l'une des servantes de la maison avait essayé d'égayer ses cheveux ternes en y plaçant des rubans du même ton que la robe. Une bande de velours d'une couleur analogue entourait son cou mince.

Elle entra dans le salon où l'attendaient le marquis et Peregrine, et se dirigea vers eux, quelque peu intimidée. Le changement opéré par ses nouveaux vêtements frappa immédiatement les deux hommes. La théorie du marquis sur la métamorphose que pouvait engendrer l'habillement chez une femme se trouva ainsi confirmée.

Kistna pesait si peu qu'elle se déplaçait avec une gracieuse légèreté, évoquant une fleur bercée par la brise. Sur les conseils de Mme Yvonne, elle avait mis un peu de rouge à lèvres, ce qui embellissait son sourire.

— Les belles plumes font les beaux oiseaux ! déclara Peregrine.

— Je pensais bien vous entendre dire quelque chose de ce genre, dit Kistna un peu gênée. Je me sens, en effet, dans cette robe, comme un paon faisant la roue.

Elle regarda le marquis et dit à voix basse, comme pour lui seul :

— Je tiens... à vous remercier.

— Je vous répète que j'ai horreur des remerciements.

Alors qu'il prononçait ces paroles, les yeux de la jeune fille exprimaient une reconnaissance telle qu'il n'en avait jamais encore rencontré.

Il se souvenait avec quelle désinvolture lady Isobel avait reçu le collier de diamants qu'il lui avait offert à Noël : elle avait été jusqu'à lui reprocher de ne pas lui avoir acheté le bracelet assorti. Il avait fait présent d'autres bijoux à de belles courtisanes, après les avoir installées dans une de ses maisons à Chelsea : elles lui avaient extorqué tout ce qu'elles avaient pu, attirant comme un aimant les pièces d'or hors de sa poche, selon l'expression de Peregrine. Leur gratitude lui avait toujours semblé surfaite.

Le marquis trouvait émouvante la joie de cette fille. Alors qu'il croisait son regard, il éprouva de la pitié à son égard, ce qui lui donnait, dorénavant, une autre raison pour se montrer généreux envers elle. Puis, il se dit que ce n'était pas le moment de se montrer sentimental. Il ne devait pas fléchir, s'il voulait mener à bien sa vengeance.

A la pensée de son projet, le marquis fronça les sourcils sans s'en apercevoir. Kistna remarqua son changement d'expression et demanda d'une petite voix effrayée :

— Vous êtes... en colère, n'est-ce pas ? Ai-je fait ou dit quelque chose qui vous a déplu ?

— Pas le moins du monde ! répondit-il. J'espère bien ne jamais avoir à me mettre en colère contre vous.

— Je crois que vous me feriez très peur, si cela arrivait.

— Vous auriez de bonnes raisons d'avoir peur, s'interposa Peregrine, la colère du marquis est redoutable, d'autant plus qu'il n'élève jamais la voix.

Kistna rit nerveusement.

— Je reconnais... que c'est bien plus terrifiant que des cris.

Elle marqua un temps d'arrêt, avant de poursuivre :

— Papa ne se mettait jamais en colère. Lorsque quelqu'un se conduisait mal, il avait l'air si peiné qu'on était tout de suite prêt à se repentir.

— De quoi avez-vous l'air, quand vous êtes en colère ? demanda Peregrine.

— Je m'emporte quelquefois, mais il est rare que ça dure longtemps. Ensuite, je regrette de m'être fâchée et je n'ai qu'un désir : m'excuser.

— Voilà un comportement généreux, observa Peregrine.

— Jamais je ne pourrai me mettre en colère ici. Il n'y a que deux choses qui provoquent l'indignation des gens : la laideur et l'injustice.

— L'injustice, tout particulièrement, dit le marquis d'une voix ferme.

Il pensait au comte.

Peregrine changea de sujet de conversation. Quand

ils se rendirent dans la salle à manger pour dîner, tous trois se sentaient fort gais.

Pour Kistna, ce fut un émerveillement sans pareil de goûter, dans ce décor luxueux, à des plats d'une finesse qui lui évoquait l'ambroisie des dieux, d'autant plus qu'elle était entourée de deux hommes charmants et élégants, qui brillaient par leur esprit.

Auparavant, dans sa famille, les repas se déroulaient dans la bonne humeur générale, mais elle n'avait jamais assisté à des joutes verbales comparables à celles des deux amis. Durant ces dernières années, son esprit avait manqué de nourriture autant que son corps. Consciente de cela, la jeune fille buvait les paroles de ces deux hommes du monde, y puisant plus d'enseignement que dans les propos d'un professeur éminent. N'étant plus préoccupée par la faim, elle avait, désormais, tout le loisir d'apprécier la subtilité d'un mot, la tournure d'une phrase.

Tout à leur conversation, les deux hommes oubliaient presque la présence de Kistna. Ils parlaient sport et relations et se connaissaient si bien, qu'ils n'éprouvaient nul besoin de faire de longues tirades. Peregrine supputa quelles étaient les chances du marquis de gagner la coupe d'or à Ascot. Puis, se tournant vers Kistna, il demanda :

— Vous aimez les chevaux ?

— J'en raffole, répondit-elle. Mais je n'ai jamais eu l'occasion de monter des bêtes de race. Aux Indes, nous n'avions que des petits chevaux très fougueux, difficiles à maîtriser lorsqu'ils s'emballaient.

Le marquis eut un sourire entendu :

— Dois-je comprendre que vous aimeriez bien monter une de mes bêtes ?

Kistna poussa un petit cri d'étonnement.

— Si... si... j'avais une tenue de cavalière, m'emmèneriez-vous en promenade ?

— Je vous ai commandé deux tenues d'été. Mais, il vous en faudrait de plus chaudes pour l'hiver.

Au lieu de remercier le marquis, Kistna le fixait avec stupeur.

— Qu'avez-vous ? lui demanda-t-il.

— Je suis sidérée de voir que vous n'ignorez pas les besoins d'une femme. Mme Yvonne m'a dit que vous aviez un excellent goût ; mais je ne me doutais pas qu'un célibataire comme vous connût aussi bien l'habillement féminin.

Un silence s'ensuivit, au cours duquel le marquis s'interrogea sur la façon de répondre à cette innocente question. L'amusement transparut dans les yeux de Peregrine, quand son ami finit par dire :

— Je suis peut-être célibataire, mais il y a beaucoup de femmes dans ma famille.

— Ah, oui, bien sûr ! s'exclama Kistna. J'aurais dû y penser. Mrs Dawes m'a confié que votre mère était très belle. Je suppose que c'est elle qui vous a appris tout ça.

Le marquis jeta un regard complice à Peregrine. Kistna s'en aperçut.

— Ai-je dit quelque chose de mal ? s'enquit-elle. Ma question est-elle déplacée ?

— Certes non, répondit Peregrine, pour la rassurer. Quand vous connaîtrez mieux le marquis, vous découvrirez qu'il connaît aussi bien les femmes que les chevaux.

— Il y a tellement de choses que je voudrais apprendre sur les chevaux ! s'écria Kistna, mettant fin au malaise qui s'était instauré.

Après le dîner, Peregrine et le marquis jouèrent au piquet, pariant à chaque tour de grosses sommes d'argent. Kistna suivit un moment la partie, puis elle fit le tour du salon, examinant les précieux objets d'art et les magnifiques tableaux qui le décoraient. La partie finie, le marquis rejoignit la jeune fille devant un Poussin représentant des nymphes en train de gambader dans une clairière sur fond montagneux.

— Vous aimez ce tableau ? demanda-t-il.

— Les mots me font défaut pour exprimer ce que je ressens, déclara Kistna, émue.

— Essayez, néanmoins, même si cela est difficile, insista le marquis.

Après avoir hésité, la jeune fille répondit :

— Aux Indes, on voit dans les temples d'étranges sculptures qui choquent la plupart des Anglais ; papa, lui, essayait de comprendre pourquoi les hindous avaient introduit ces figures érotiques dans leurs sanctuaires.

Elle leva les yeux vers le marquis, pour s'assurer qu'il écoutait bien, et continua :

— Papa disait qu'aux Indes, les artistes mettent toute leur énergie vitale dans leurs créations. Cela reflète l'intensité de leur foi et de leurs croyances.

Elle marqua un temps d'arrêt, jetant, cette fois, un regard suppliant au marquis.

— Je ne m'explique pas bien, reprit-elle, mais papa voulait dire, je crois, qu'à son humble niveau, l'homme est un créateur, tout comme Dieu quand il met tout son cœur dans son œuvre.

— C'est la première fois que j'entends une telle théorie, observa le marquis.

— Puisque vous me demandez mon avis, poursuivit Kistna, j'ai le sentiment que Nicolas Poussin a fait passer dans cette peinture toute son énergie vitale ; cette œuvre, il l'a conçue, j'en suis sûre, non seulement avec son esprit, mais aussi avec son cœur et son âme.

Le marquis regarda la jeune fille avec stupéfaction. Il n'en revenait pas qu'elle pût faire preuve d'une telle profondeur de pensée ; elle exprimait là des choses qu'il aurait certainement eu du mal à formuler.

— Pensez-vous la même chose pour toute la peinture ? demanda-t-il.

— Je n'en avais jamais vu de semblable jusqu'à présent, répondit Kistna ; mais les Indes regorgent de peintures merveilleuses ; ce pays est la beauté même.

— Vous en parlez comme s'il vous manquait.

— J'ai la nostalgie du bonheur que j'ai connu là-bas. Grâce à ce souvenir, j'ai eu la force de supporter les souffrances de ces dernières années.

Coupant court à l'émotion qui le gagnait, le marquis déclara à brûle-pourpoint :

— Maintenant que la vie vous sourit à nouveau, il ne faut plus penser au passé, mais au présent et à l'avenir.

— Vous avez raison, convint Kistna. Je vous suis reconnaissante : si aujourd'hui, j'ai le sentiment d'avoir un avenir, c'est bien grâce à vous. Hier encore, j'étais condamnée à mourir de faim et de froid comme ma sœur.

Elle parlait avec un calme et une absence de complaisance qui rendaient poignants ses propos. Le marquis fut tenté de la prendre par les épaules et de la serrer contre lui pour la consoler comme une enfant ; mais, il avait affaire à une femme, aussi jeune fût-elle, et il refréna son impulsion.

— Eh bien, désormais, l'avenir est à vous ! déclara-t-il. Et quel avenir !

Ces paroles rompirent le charme sous lequel ils avaient été tenus pendant quelques instants.

Plus tard, dans l'obscurité de sa chambre, Kistna repensa aux mots du marquis : « Désormais, l'avenir est à vous ! Et quel avenir ! » A la façon dont il les avait prononcés, elle aurait juré qu'il savait d'avance ce qui allait lui arriver.

Y a-t-il plus bel avenir que d'être la pupille du marquis ? se demanda-t-elle. Elle avait l'intuition qu'il s'agissait de tout autre chose, quelque chose que le marquis paraissait avoir en tête, depuis leur rencontre à l'orphelinat.

Un jour, sa mère avait déclaré à son père :

— Ne crois-tu pas, mon chéri, que vivre aux Indes développe l'intuition et favorise la prémonition ?

— Ces deux termes sont pratiquement synonymes, avait répondu le révérend John Lovell avec un sourire.

— Pas pour moi, avait-elle rétorqué. Comme toi, j'ai parfois l'impression d'appartenir davantage à l'Autre Monde qu'à celui-ci.

— C'est une impression partagée, à mon avis, par tous ceux qui visitent les Indes, avait-il répliqué. Il semblerait que chaleur et sécheresse exacerbent le sentiment religieux jusqu'à le rendre omniprésent.

— Tu as sans doute raison, avait acquiescé Mrs Lowell. Ce sont les vibrations de ta foi qui te donnent une si forte personnalité.

Ses parents s'étaient souri, et leur amour était apparu à Kistna avec autant de netteté que les vibrations de la foi à sa mère.

En évoquant le passé, la jeune fille pensa que leur maison, aussi humble était-elle, avait renfermé des richesses infiniment supérieures à celles de l'argent.

— Nous étions si heureux ! gémissait-elle dans le noir, sur son lit d'orphelinat. Oh, maman ! pourquoi m'avez-vous abandonnée ?

Elle essayait souvent de se convaincre que ses parents étaient près d'elle ; il lui suffisait, pour cela, de se laisser glisser dans l'imaginaire. Mais le froid et la faim la ramenaient, hélas, à la dure réalité.

Depuis qu'elle se trouvait à l'Abbaye, elle sentait à nouveau la présence de ses parents ; ils lui parlaient, ils la guidaient, et leur amour lui semblait plus fort que jamais.

J'ai de la chance ! se disait-elle. Tellement de chance !

Peut-être sa mère avait-elle conduit le marquis jusqu'à l'orphelinat pour les arracher, elle et les enfants, à l'enfer auquel ils se croyaient à jamais condamnés. Tel un vaillant chevalier, il l'avait sauvée des griffes de Mrs Moore. Désormais, auprès de ce bienfaiteur, chaque jour aurait son lendemain.

Maman, si tu savais comme il est merveilleux ! disait-elle dans son cœur. Si merveilleux et si beau ! Tu ne peux imaginer comme il est gentil avec moi : il m'a constitué une magnifique garde-robe. Cependant, quelque chose m'échappe ; j'ai l'impression qu'il n'agit pas seulement par gentillesse.

Les yeux du marquis cachaient un mystère dont elle n'avait pas la clé. Cela lui faisait un peu peur. Dans ce pays de rêve où il l'avait amenée, dans cette maison fabuleuse où l'on s'occupait d'elle comme d'une princesse, il y avait une fausse note, mais elle était incapable de s'expliquer d'où provenait un tel sentiment.

Finalement, elle se dit que son appréhension était ridicule.

— J'ai tellement de chance ! répéta-t-elle à haute voix. Je te remercie, ô mon Dieu, de l'avoir conduit vers moi et d'en avoir fait mon tuteur !

4

— Crois-tu que l'on se soit aperçu de notre absence à Londres ? demanda Peregrine.

— Les spéculations doivent aller bon train, répliqua le marquis, et j'en connais qui donneraient cher pour connaître ce qui nous retient loin de la capitale et de ses divertissements.

Il faisait allusion à lady Isobel.

Par une curieuse coïncidence, Mr Barnes, le secrétaire du marquis, apparut à la porte avec une missive et annonça :

— Voici une lettre de Londres pour Monsieur le marquis. Le valet qui l'a apportée attend votre réponse.

Saisissant l'enveloppe, le marquis reconnut immédiatement le sceau flamboyant qui l'ornait.

— Dites à ce valet que vous ignorez où je suis. Inutile qu'il attende mon retour.

— A vos ordres, monsieur le marquis, répondit Mr Barnes, impassible.

— C'est d'Isobel ? demanda Peregrine dès que le secrétaire eut quitté la pièce.

Le marquis acquiesça :

— Elle s'accroche, mais je n'ai aucunement l'intention de me laisser embobiner à nouveau. Je m'aperçois maintenant à quel point je me fourvoyais avec elle.

— Je le savais, déclara Peregrine, mais tu ne m'aurais certainement pas écouté si je t'avais fait part de mon opinion, obstiné comme tu l'es.

Le marquis s'abstenait de tout commentaire. Son ami poursuivit :

— Isobel est très belle, mais je crois que c'est une mauvaise femme. Et pourtant, tu sais bien que je ne dis jamais de mal du beau sexe.

Le marquis resta à nouveau sans répondre. Il avait pour principe de ne pas parler de ses aventures amoureuses, même à ses plus proches amis. Peregrine était content de le voir comprendre à temps combien sa liaison avec Isobel était dangereuse. Toutefois, pour l'heure, Kistna monopolisait leurs pensées. Alors, il chassa Isobel de son esprit et demanda :

— As-tu remarqué comme elle a changé après seulement quatre ou cinq jours d'alimentation convenable ?

— Il semble, en effet, qu'elle ait pris quelques kilos.

— A ce régime-là, je ne serais pas surpris qu'elle devienne très vite un modèle de beauté.

— Tu crois ? dit le marquis, d'un air indifférent.

— Tu n'as donc pas d'yeux, Linden ? répliqua Peregrine. Personnellement, je suis fasciné par les changements qui s'opèrent en elle de jour en jour ; je pourrais même dire d'heure en heure. Elle n'a plus rien de commun avec l'épouvantail venu nous ouvrir la porte.

Peregrine eut un petit rire et poursuivit :

— Notre arrivée à l'orphelinat était fantastique ; Kistna en haillons, les cris des enfants battus par cette horrible femme, on se serait cru en plein roman populiste, tu ne trouves pas ?

— C'est la dernière fois qu'une telle chose se produit sur mes propriétés, dit le marquis très sérieusement.

Visiblement, il ne partageait guère le point de vue romanesque de son ami.

— Comment Rodwell s'en sort-il ? reprit Peregrine.

— Il s'avère être bien meilleur régisseur que son ignoble prédécesseur. Il a toujours vécu sur mes domaines, et n'ignore rien de ce qui s'y passe. De plus, il connaît tout le monde.

— Tu as eu raison de choisir Rodwell, plutôt qu'un étranger.

— J'avoue que je ne suis pas mécontent de mon choix ; il me semble avoir fait preuve de clairvoyance.

— Comme sur bien d'autres sujets ! Cependant, pour en revenir à nos préoccupations, quand allons-nous mettre Kistna sur le devant de la scène, et la présenter à Branscombe, comme si elle sortait du chapeau d'un magicien ?

— Elle n'est pas encore prête.

— A mon avis, elle le sera bientôt.

— Avoue plutôt que tu t'ennuies ici et que tu souhaites rentrer à Londres au plus vite.

— C'est faux ! protesta Peregrine, vexé. J'apprécie toujours ta compagnie, Linden. Tant que je peux monter tes superbes chevaux et boire tes meilleurs crus, je n'ai aucune raison de me plaindre.

— Et Molly ? C'est bien son nom, si j'ai bonne mémoire ? demanda le marquis.

— Elle me coûte trop cher. Si cher, qu'en séjournant ici, je fais de sérieuses économies.

— Tu m'en vois ravi, remarqua le marquis.

Peregrine rit.

— Crois-moi, je me plais ici. Et j'ai le sentiment qu'il en est de même pour toi.

Le marquis ne répondit pas tout de suite. Pourtant, même s'il refusait de l'admettre, il s'ennuyait bien moins qu'avant le Derby. Sa liaison avec Isobel était presque à son terme et rien d'autre ne semblait plus l'intéresser que le progrès de sa nouvelle pupille. Kistna avait mis du piment dans la vie de son ami, alors que les divertissements habituels n'arrivaient plus à le distraire et il se consacrait entièrement à l'éducation de la jeune fille, afin d'en faire une débutante remarquée.

— Nous ne sommes pas au bout de nos peines, si nous voulons faire passer Kistna pour Mirabelle, déclara-t-il. Étant donné sa fortune, elle a toujours eu les meilleurs professeurs, et possède sûrement tous les talents requis chez une jeune fille en quête d'un bon parti. Kistna, elle, est plutôt défavorisée sur le marché du mariage.

Peregrine fronça les sourcils :

— Le marché du mariage ?

— S'agit-il d'autre chose ? Ces jeunes filles sont bichonnées par leurs parents comme des chevaux de parade pour défiler devant des célibataires, comme toi et moi.

Peregrine regarda son ami, étonné par son cynisme. Puis il se mit à rire.

— Que veux-tu qu'elles fassent d'autre ? convint-il. L'unique but d'une femme dans la vie est de faire un bon mariage.

— Et celui d'un homme, d'éviter de tomber dans un tel traquenard.

— Ce n'est pas toujours vérifié. En ce qui me concerne, il importe peu que je reste célibataire, à moins que mon frère n'ait un grave accident, mais ton cas est différent ; il faudra, tôt ou tard, que tu aies un fils, si ce n'est deux ou trois, par mesure de sécurité, afin de perpétuer ta lignée.

— Depuis ma naissance, ou presque, on n'a cessé de me rabâcher que c'est un devoir envers ma famille, observa le marquis avec amertume.

— Je trouve curieux que tu ne sois jamais tombé amoureux, remarqua Peregrine.

— Je tiens trop à ma liberté. J'évite de fréquenter les jeunes filles en âge d'être mariées. Mais dans les circonstances actuelles, je finis par le regretter.

— Pourquoi ?

— Parce que je ne sais pas, au juste, ce qu'il faut apprendre à Kistna pour qu'elle n'ait pas l'air ignorante parmi les autres débutantes.

— Si tu veux mon avis, grâce à sa vivacité d'esprit, elle éclipsera toutes les autres.

— Elle est encore trop maigre, s'obstina le marquis.

— Elle commence à avoir des formes, répliqua Peregrine, et c'est le plus important. Mon père disait : « Une femme doit avoir des formes, mais pas un homme. » En parlant ainsi, il pensait à la bedaine du prince régent.

— Pauvre régent ! A la fin de sa vie, il ne voyageait plus que dans une voiture fermée, tant il avait honte de son estomac. Lorsque je lui rendais visite à Windsor, il gardait les volets clos, pour ne pas se montrer.

— Il n'a jamais cessé de faire des excès de nourriture et de boisson. Ça n'est pas ton cas, Linden, et je suis prêt à parier que tu garderas toujours la ligne.

— Je l'espère bien. Mais les chevaux nous attendent et j'ai invité Kistna à venir avec nous.

— Je me doutais que c'était la raison pour laquelle nous ne partions pas plus tôt.

— Elle avait une leçon de français. Nous avons eu la chance de lui trouver pour professeur une Parisienne d'origine.

— Lorsque tu en auras terminé avec son éducation, je crains qu'elle ne repousse les prétendants, au lieu de les attirer, tant sa tête sera pleine. Les hommes n'aiment guère les femmes trop intelligentes.

— Tu oublies sa fortune ! ajouta le marquis avec cynisme.

— Sait-elle qu'elle devra se faire passer pour Mirabelle ? demanda Peregrine.

— Je ne lui ai encore rien dit. Je ne l'aurais jamais fait sans t'en parler auparavant, puisque nous sommes convenus de la former ensemble.

— J'approuve ta prudence, car j'ai le sentiment qu'elle ne se prêtera pas volontiers à cette supercherie. Mais je peux me tromper.

— Au diable ses états d'âme ! Elle obéira, un point c'est tout.

— Et pourquoi obéirait-elle ?

— Elle me voue une reconnaissance telle, qu'elle fera tout ce que je lui demanderai sans discuter, j'en suis certain !

Peregrine allait faire une objection, mais il préféra se taire. Il trouvait le marquis trop sûr de lui, sachant par expérience combien les femmes sont imprévisibles.

Après le départ de son professeur de français, Kistna avait couru dans sa chambre pour se changer.

Pendant le dernier quart d'heure de sa leçon, elle avait eu beaucoup de mal à se concentrer, tant elle était impatiente de retrouver le marquis et son ami pour leur promenade à cheval.

Jamais elle n'avait imaginé que sa vie puisse, d'un jour à l'autre, changer à ce point ; jamais, après tant d'années de désespoir, elle n'avait espéré connaître un tel bonheur. Sa vision du monde en était transformée ; désormais, tout lui apparaissait sous un jour éclatant, comme sous les rayons d'un soleil radieux. Lorsqu'elle avait ouvert la porte de l'orphelinat, pouvait-elle se douter que ces deux beaux messieurs allaient l'arracher à son cauchemar pour l'emmener dans un univers de conte de fées ?

Je n'arrive pas à y croire, se disait-elle, tandis qu'elle revêtait la tenue de cavalière qui venait tout juste d'arriver de Londres.

Je n'arrive pas à y croire, se répétait-elle, tout en dévalant l'escalier, en bas duquel l'attendaient le marquis et Peregrine.

Dehors, trois magnifiques chevaux piaffaient d'impatience. Le marquis lui montra comment se mettre en selle et tenir les rênes en véritable écuyère. Il lui apprit également à sauter par-dessus les obstacles. Elle fit cela avec aisance, provoquant l'enthousiasme de Peregrine, à défaut de celui du marquis. Pourtant, elle ne se formalisa pas de cette indifférence, car elle savait maintenant lire les compliments dans son regard.

Monter à cheval n'était qu'une facette de ce qu'il lui enseigna. Entre autres choses, il lui apprit à entrer dans une pièce d'un pas mesuré, à s'arrêter au bon endroit pour faire la révérence, en veillant à incliner la tête comme il le fallait. Il l'obligea à répéter ces gestes jusqu'à ce qu'elle les exécute à la perfection. Il lui montra aussi comment accueillir des invités, comment dire bonjour ou bonsoir, comment se diriger vers la salle à manger, et bien d'autres détails de savoir-vivre en société.

— Si tu veux mon avis, tu lui demandes beaucoup trop, avait protesté Peregrine à diverses reprises.

— Pour qu'elle puisse remplacer ma pupille, son éducation doit être parfaite.

Pour convaincre Peregrine, il avait ajouté :

— Branscombe est très à cheval sur l'étiquette et le protocole ; la moindre faute risque de le rendre suspicieux.

De bonne grâce, Peregrine se rendit à cette raison,

d'autant que Kistna ne se plaignait jamais. Elle faisait tout son possible pour atteindre la perfection à laquelle le marquis aspirait pour elle.

Kistna traversait le parc, en direction des champs, sur un cheval fougueux, mais docile. Après un long galop, elle se rapprocha du marquis et dit dans un soupir :

— Je n'aurais jamais cru qu'un cheval pût galoper aussi vite ! Je comprends maintenant pourquoi vous gagnez si souvent aux courses.

— Je compte bien remporter la coupe d'or à Ascot, répondit le marquis.

— Pourrai-je assister à cette course ?

Le marquis pensa soudain qu'il n'avait pas envisagé cette éventualité.

— Je vous en prie, supplia-t-elle. Je serais si heureuse de voir votre cheval franchir la ligne d'arrivée.

— J'avoue que je ne pensais pas vous y emmener.

Alors qu'il serait en compagnie de la jeune fille, il risquait de rencontrer une personne ayant fait la connaissance de Mirabelle en Italie, ce qui aurait, à coup sûr, des conséquences fatales. Il jeta un regard désemparé à Peregrine.

La jeune fille regarda tour à tour Peregrine et le marquis, convaincue que quelque chose lui échappait.

— Est-ce mal de vouloir assister à ces courses ? demanda-t-elle.

— Absolument pas. Mais j'ai besoin de réfléchir.

Kistna comprit au ton du marquis qu'elle aurait du mal à le convaincre. Cependant, elle s'expliquait mal sa réticence.

Elle notait, plus encore que le marquis et Peregrine, l'amélioration de sa condition physique. Chaque jour passé à l'Abbaye la rapprochait davantage de la petite fille confiante qu'elle avait été.

Kistna avait connu un tel bonheur au sein de sa famille qu'elle ignorait, avant l'arrivée de Mrs Moore, la peur des gens et de la vie. Avec la nouvelle intendante, elle était entrée dans un monde de terreur d'où il était impossible de s'échapper. Tout d'abord, elle n'avait pas pu chercher du travail à l'extérieur, car elle s'occupait de sa sœur malade. Puis, à la mort de la petite Indira, elle n'avait eu ni la force ni la volonté de fuir la tyrannie de la mégère.

Après des jours et des jours d'humiliation et de souffrance, un véritable miracle était advenu. Le marquis était apparu, tel l'archange Michel, pour l'arracher aux puissances des ténèbres. Il l'avait ramenée vers la lumière, cette lumière dont elle avait fait son deuil, quand les brumes anglaises avaient remplacé le soleil des Indes. La nuit, quand la couverture élimée de l'orphelinat ne suffisait pas à la réchauffer, elle l'imaginait, ce soleil, tapant sur le toit du bungalow de ses parents, irradiant leur petit jardin où sa mère faisait pousser les fleurs qu'elle aimait tant, et pénétrant de sa douce chaleur son jeune corps famélique. Alors, c'était comme si elle était devenue une partie de l'astre embrasant la rivière dont elle portait le nom.

Après avoir été stimulée par un monde de beauté, son âme avait été rongée par la laideur de l'orphelinat : laideur des pièces glaciales et sales et des lits cassés ; laideur de Mrs Moore dont le visage se congestionnait pendant ses accès colériques ; laideur des enfants aux os saillants à travers leurs vêtements en lambeaux ; laideur et souffrance engendrées par la faim et le froid qui lui avaient arraché tant de larmes.

Kistna songeait à son père qui, toute sa vie durant, avait aimé la beauté, tout particulièrement celle des Indes. Le désir de découvrir un pays nouveau avait poussé le révérend John Lovell à partir comme missionnaire pour les Indes.

A cette époque, la Compagnie des Indes orientales n'avait pas encore l'intention de gouverner ce pays, mais seulement d'y faire fortune. Elle s'était montrée très efficace au XVIIIe siècle, pendant lequel elle n'avait cessé de prendre de plus en plus d'initiatives, jusqu'en 1813, date de l'abolition de son monopole commercial. Sous la pression grandissante de l'opinion publique en Angleterre, le conseil de Westminster dut abolir l'interdiction d'entrer dans le pays faite aux missionnaires par la Compagnie, alors que la Couronne nommait un gouverneur général.

Ayant été informé un an auparavant de ce qui allait se passer, John Lovell avait été le premier missionnaire à se rendre dans ce pays, encouragé par l'un de ses parents qui travaillait à la Compagnie des Indes orientales.

— Les hindous ont leur propre religion. Tu n'en convertiras peut-être pas beaucoup, lui avait-il dit, mais cela te permettra au moins d'élargir tes horizons.

Le pasteur avait sauté sur cette occasion de départ. Certains événements personnels l'avaient d'ailleurs précipité.

Un an plus tard, des centaines de missionnaires débarquaient aux Indes. Tous condamnaient les mœurs barbares de ses habitants — infanticides, incinérations des veuves, extorsions religieuses — convaincus d'avoir à mener une croisade contre le diable lui-même. Mais ils comprirent vite, comme John Lovell l'avait déjà compris, que la foi des hindous avait des assises trop solides pour que le christianisme puisse s'implanter dans le pays avec succès.

Le révérend John Lovell avait vite renoncé à

convaincre des gens qui adoraient plusieurs dieux d'embrasser une seule foi. Et, comme il était ouvert, il n'avait pas tardé à se passionner pour l'histoire des Indes. Au lieu de professer, il s'était mis à apprendre. Grâce à sa sincérité, il se fit des amis parmi les hindous, dans toutes les sectes et les castes, du plus humble balayeur au prestigieux maharajah. Kistna avait ainsi côtoyé une grande diversité d'hindous, et appris à distinguer leurs croyances et leurs particularités. Pour cet Anglais qu'ils avaient rencontré un jour à Calcutta, tout homme de couleur était un « indigène » sans intérêt. Les Lovell, quant à eux, considéraient les hindous comme des êtres fascinants.

Sans en prendre conscience, John Lovell et sa femme étaient, à leur manière, des pionniers, comme l'avaient été les premiers représentants de la Compagnie des Indes orientales, chargés d'établir les comptoirs commerciaux. En effet, ils n'avaient pas cherché à changer les coutumes locales, mais avaient, au contraire, fait preuve de tolérance envers les religions qu'ils découvraient. Ils avaient toujours traité les princes indigènes avec respect, et même avec affection, se comportant en esthètes, amoureux de la beauté de ce pays qu'ils appréciaient sensuellement.

Kistna se rappelait les paroles de son père contemplant le coucher du soleil sur le désert :

— Existe-t-il quelque chose de plus beau, de plus divin ?

Elle sentait qu'il avait trouvé son Dieu dans les temples si joliment sculptés, dans la mélopée des pèlerins immergés dans l'eau du Gange, dans le vol sacré des oiseaux, et peut-être même dans le babillage des singes perchés au sommet des frangipaniers en fleur.

D'un pays de beauté, elle avait été propulsée dans

la laideur de l'orphelinat et, maintenant, dans la magnificence de l'Abbaye, elle renouait avec elle. Elle passait de longs moments à contempler les tableaux du marquis, charmée par un ravissant coucher de soleil peint par Turner, tandis que les tons riches d'un Rubens lui rappelaient les soieries et les bijoux portés par les maharajahs. La mythologie mystique d'un Poussin la captivait. La perfection spirituelle des maîtres italiens, qui avaient représenté de manières si différentes la Madone, l'émerveillait. Elle avait vu la même expression de sainteté sur le visage des femmes indiennes drapées de leurs saris colorés lorsqu'elles s'agenouillaient devant un autel, ou jetaient des pétales de fleurs sur le sol de temples qui embaumaient l'encens. De même, la beauté imprégnait chaque pièce de l'Abbaye, ainsi que le grand parc aux chênes majestueux ; elle émanait du lac, où voguaient des cygnes, tels des voiliers miniatures. Elle se lisait sur les traits du marquis.

Lorsqu'elle l'avait aperçu pour la première fois, à la porte de l'orphelinat, elle avait remarqué sa prestance et son allure qui inspiraient le respect. Il lui avait fait penser au gouverneur général qu'elle avait vu parader à Calcutta en calèche dorée, accompagné par une cohorte de valets, et escorté par toute une cavalerie. Elle s'était alors dit que rien ne pourrait lui faire davantage d'effet. Et pourtant, à présent, la puissance du marquis lui paraissait bien plus impressionnante. Alors, qu'en même temps, sa bonté l'émouvait jusqu'aux larmes.

Comment un homme peut-il être aussi merveilleux ? se demandait-elle en caressant du bout des doigts la fine lingerie que Mme Yvonne lui avait fait venir de Londres. Jamais elle n'avait senti un contact aussi doux contre sa peau. L'étoffe soyeuse semblait avoir été tissée par des fées.

C'est fantastique ! se répétait-elle une bonne douzaine de fois par jour.

Désirant plaire à son bienfaiteur, elle se pliait à ses exigences et faisait preuve d'une telle application qu'elle dépassait parfois ses espérances.

C'est une bénédiction du ciel d'avoir pour tuteur un homme comme lui, se disait-elle, un homme qui mène un train de vie royal et règne sur ses semblables.

Elle aimait également bien Peregrine Wallingham, et il l'aurait très certainement séduite si le marquis n'avait été là. Il se moquait gentiment d'elle, et elle le trouvait charmant et jovial, mais le marquis était, à ses yeux, bien plus merveilleux et divin.

En le voyant à cheval, elle comprit tout de suite qu'il était un cavalier hors pair. Aussi fit-elle des efforts désespérés pour se montrer une écuyère digne de lui. L'étiquette comportait de si nombreuses règles, qu'elle craignait parfois de ne pas les retenir. Si jamais elle se trompait, elle se reprochait ses erreurs et avait des insomnies.

Il lui arrivait de penser à l'avenir, mais la plupart du temps, le présent la préoccupait entièrement. Elle le vivait comme un rêve qui l'empêchait de voir plus loin.

— Vos cheveux sont bien plus beaux, lui dit un matin Mrs Dawes.

— Vous croyez ?

— Sans aucun doute.

Coiffés par la gouvernante, les longs cheveux de Kistna semblaient avoir leur propre vie.

— Je disais à Ethel, pas plus tard qu'hier : « Miss Kistna embellit à vue d'œil ; et croyez-moi, elle ne va pas tarder à faire des ravages. »

Kistna se pencha vers le miroir.

Est-ce possible ? se demanda-t-elle, tout en contemplant son image. Si elle devenait aussi belle que le prédisait Mrs Dawes, le marquis s'en apercevrait-il ?

A l'orphelinat, elle était trop malheureuse pour se soucier de son apparence. Maintenant, dans le cadre magnifique de l'Abbaye, avec le regard gris du marquis posé sur elle, elle aurait tout donné pour ressembler à sa mère.

Celle-ci, en effet, était d'une grande beauté, et son mari avait pour elle une véritable adoration. En grandissant, Kistna s'était aperçue de l'effet produit par sa mère sur les hommes. Les Anglais qui leur rendaient visite la regardaient d'un air admiratif, étonnés de trouver, au fin fond des Indes, une créature aussi merveilleuse. Et ce qui les sidérait encore davantage, c'était qu'elle appréciât son sort. Certains étaient revenus à différentes reprises, dans de luxueuses voitures appartenant au gouverneur, accompagnés de domestiques en livrée blanche et rouge. Plutôt condescendants au début, ils perdaient vite leur belle assurance en découvrant qu'elle les écoutait avec politesse et attention, mais n'était nullement séduite par leurs personnes. Ils se faisaient alors plus pressants et devenaient, semblait-il, beaucoup plus sincères.

Lorsque le pas du révérend Lowell résonnait sous la véranda, sa femme se levait brusquement, et son visage irradiait un tel bonheur qu'il paraissait embelli.

— John ! s'écriait-elle, les yeux brillants.

Puis elle traversait la petite pièce pauvrement meublée pour accueillir son mari. Même s'il ne l'avait quittée qu'une heure auparavant, il la serrait très fort contre lui. Plus tard, Kistna avait compris que, pour ses parents, chaque minute de séparation représentait un siècle de frustration.

C'est ça l'amour ! s'était-elle dit. Comme c'est beau !

Le manque d'amour était ce qui l'avait le plus frustrée à l'orphelinat. L'amour sans lequel la beauté ne peut exister. Désormais, à l'Abbaye, elle avait retrouvé ce sentiment. Bien sûr, ça n'était pas celui que son père et sa mère ressentaient l'un pour l'autre, mais une tendresse, une gentillesse et une bienveillance que les deux hommes lui donnaient en échange de quoi elle éprouvait une reconnaissance sans bornes où venaient se mêler tous les sentiments qu'elle avait étouffés au cours des trois dernières années.

— Comment me trouvez-vous, Mrs Dawes ? demanda Kistna dans la soirée.

Elle portait une robe blanche, brodée de fils d'or, arrivée le jour même de Londres. D'amples manches en tulle diaphane dissimulaient la minceur de ses bras et brillaient à la lueur des bougies et au gré de ses mouvements. Un ruban en velours, agrémenté de fleurs blanches et argentées, fermait le col. Ses cheveux étaient aussi égayés de plusieurs rubans et de fleurs.

— Vous êtes bien jolie ! s'exclama Mrs Dawes. Aucune des femmes qui ont séjourné dans cette maison ne vous arrive à la cheville.

— Vous parlez sincèrement ?

— Je ne mens jamais, miss Kistna. Je vous le jure sur la Bible.

— J'espère que Monsieur le marquis sera aussi de cet avis, dit la jeune fille en aparté.

— Monsieur le marquis sera content, j'en suis sûre. Il pourra bientôt vous présenter aux jeunes gens de votre âge.

Kistna regarda la gouvernante d'un air interrogateur. Cette dernière expliqua :

— Vous pouvez faire confiance à Monsieur le marquis, il vous trouvera des partenaires pour aller au bal, dès que vous serez entièrement rétablie.

— Je n'ai pas besoin de partenaires quand je peux danser avec Monsieur le marquis et Mr Wallingham, protesta Kistna.

Mrs Dawes eut un rire un peu forcé.

— Oh, je pensais à des garçons de votre âge comme le jeune lord Barrowfield, dont le père possède le domaine voisin. Il aura bientôt vingt-deux ans, et il est difficile de rencontrer plus charmant jeune homme. Peut-être Monsieur le marquis a-t-il envisagé de vous le faire épouser ?

Ces mots étonnèrent Kistna, qui se retourna vers la gouvernante :

— Épouser ? demanda-t-elle comme si elle n'avait pas bien entendu.

— Mais bien sûr, mademoiselle. Vous avez dix-huit ans, et la plupart des jeunes filles souhaitent être mariées avant dix-neuf ans. Ne pensez pas qu'il soit trop tôt pour chercher un mari ; le temps passe vite, vous savez.

Mrs Dawes rangea quelques objets sur la coiffeuse et poursuivit :

— Ne vous faites aucun souci, miss Kistna ; Monsieur le marquis travaille certainement à votre avenir. Quelle jolie mariée vous ferez ! J'espère que nous célébrerons vos noces à l'Abbaye.

Kistna se leva brusquement et déclara d'une voix étranglée :

— Excusez-moi, mais je dois descendre. Monsieur le marquis m'attend.

Elle sortit sans adresser un regard à la gouvernante.

— Pauvre enfant ! murmura cette dernière, pleine de compassion. Ce que je craignais est en train de se produire. Comment pourrait-il en être autrement : aucune femme ne résiste à Monsieur le marquis !

Kistna s'arrêta devant la porte, encore troublée

par les paroles de la gouvernante. Elle refusait de s'avouer la raison de cette soudaine contrariété et éprouvait une peur indéfinissable. Après un moment de tergiversation, elle se ressaisit et entra.

Le marquis, debout à l'extrémité de la pièce, devant la cheminée, était vêtu d'un habit de soirée. La jeune fille le trouva magnifique. Son cœur battit étrangement quand il lui adressa un sourire. Alors, oubliant les convenances et tout ce qu'il lui avait appris, elle se mit à courir vers lui.

5

Kistna, Peregrine et le marquis d'Alchester revenaient de leur promenade à cheval en traversant le parc. La jeune fille regrettait de déjà rentrer. Pourtant, elle se réjouissait à l'idée de se sustenter, car l'heure du déjeuner était proche.

Monter, chaque matin, les chevaux du marquis était pour elle une joie indescriptible. Aujourd'hui, ils étaient allés plus loin que d'habitude et avaient rivalisé de vitesse en terrain plat, sur un kilomètre environ. Naturellement, le marquis avait gagné, mais Kistna avait dépassé Peregrine d'une tête, ce dont il l'avait félicitée.

— Qui aurait cru qu'une fille maigre comme un clou, ne connaissant rien d'autre que les bourricots indiens, se révélerait une véritable amazone ? plaisanta-t-il.

Kistna rit :

— Je suis ravie de vous avoir battu, mais, sachez que jamais je ne suis montée sur un âne aux Indes.

— Alors, ça devait être un éléphant ou un chameau, rétorqua Peregrine, mais certainement pas une bête aussi rapide que celles cachées par Linden dans son écurie.

— Je vous l'accorde, répondit Kistna. Je n'avais jamais vu de chevaux aussi remarquables. Mais si j'étais vraiment une amazone, j'en volerais un et m'enfuirais avec.

— Où iriez-vous ? demanda Peregrine.

Kistna, d'humeur badine l'instant précédent, s'assombrit brusquement.

— Nulle part, répondit-elle dans un souffle, en jetant un coup d'œil au marquis.

Peregrine comprit aussitôt, comme Mrs Dawes, quels sentiments la jeune fille éprouvait à l'égard de son ami. Kistna avait suffisamment souffert pour ne pas avoir le cœur brisé par le marquis comme tant de femmes dont il s'était épris. Peregrine savait mieux que personne qu'aucune d'entre elles n'avait su se faire aimer de lui très longtemps. Son ami était à la recherche de son idéal féminin et, visiblement, ne le rencontrait pas.

Kistna se liait de plus en plus au marquis et Peregrine se demanda s'il devait avertir la jeune fille des dangers qu'elle courait. Puis il pensa que cela était inutile, car il est impossible d'empêcher quiconque d'être amoureux.

Elle est jeune, se rassura-t-il. Elle s'en remettra vite.

Cependant, il avait du mal à l'imaginer avec Branscombe. Il s'était rendu compte, durant ces dix derniers jours passés presque entièrement en la compagnie de Kistna, qu'elle était intelligente et faisait preuve d'une maturité exceptionnelle pour son âge.

C'est parce qu'elle a vécu à l'étranger, pensait-il. Mais il avait conscience que les qualités de Kistna avaient bien d'autres causes. Parfois, il lui semblait qu'elle était aussi âgée, sinon plus, que le marquis et lui.

C'est parce qu'elle est sensible, se dit-il avec perspicacité.

Puis il l'amusa à nouveau par l'une de ses plaisanteries qui déclenchaient la bonne humeur générale.

— Que faisons-nous, cet après-midi ? demanda-t-il, tandis qu'ils franchissaient le pont au-dessus du lac.

— Je vous réserve une surprise, déclara le marquis.

— Linden, je dois reconnaître que tu es un excellent hôte. Je n'ai jamais passé d'aussi bons moments ailleurs qu'à l'Abbaye.

— Je ne voudrais surtout pas que tu t'ennuies, répliqua le marquis sur un ton badin.

— Tu n'as rien à craindre, rétorqua Peregrine en toute sincérité.

Il avait vu son ami s'ennuyer aux courses ou lors du dernier combat de boxe auquel ils avaient assisté, et même en compagnie de lady Isobel. Il lui semblait à présent que, tout comme lui, le marquis passait à l'Abbaye un temps des plus agréables.

Lorsqu'ils furent en vue de la vaste demeure, ils aperçurent une voiture garée devant la porte d'entrée. Après avoir mis pied à terre et aidé Kistna à descendre de cheval, le marquis glissa à l'oreille de la jeune fille :

— Montez dans votre chambre et restez-y jusqu'à ce que je vous fasse appeler.

Kistna écarquilla les yeux, mais elle n'obtint pas plus d'explications de la part du marquis qui gravit les marches du perron, certain qu'elle lui obéissait. Tandis qu'il remettait son chapeau, ses gants et son fouet à l'un de ses valets, le maître d'hôtel vint lui annoncer :

— Lady Isobel Sidley attend Monsieur le marquis dans le salon d'argent.

Le marquis, qui s'attendait à une scène, fronça les sourcils.

Lorsqu'il entra dans le salon, Isobel se leva et tendit les mains vers lui. Elle était très belle.

— Linden ! dit-elle d'une voix cajoleuse. Comme Mahomet ne venait pas à la montagne, la montagne est venue à Mahomet.

— Je suis surpris de vous voir, s'étonna le marquis.

Froidement, il baisa ses mains et se libéra aussitôt des doigts qui cherchaient à le retenir.

— Comment avez-vous pu être aussi cruel avec moi ? lui demanda-t-elle. Pourquoi avoir quitté Londres sans me dire où vous alliez ni quand vous rentreriez ?

— Je n'en sais trop rien moi-même. Avez-vous fait tout ce chemin pour me poser ces questions, ou bien séjournez-vous dans la région ?

— C'est chez vous que j'ai l'intention de séjourner, si vous n'y voyez pas d'inconvénients.

Elle lui lança un regard qui aurait troublé plus d'un homme. Mais le marquis resta imperturbable.

— Je crains que cela ne soit pas possible, dit-il avec la fermeté qu'elle lui connaissait déjà.

— Et pourquoi ?

— Parce que Peregrine et moi désirons rester seuls ici.

— Vous mentez !

Devant la violence d'une telle accusation, le marquis se raidit.

— Je sais que vous mentez, continua-t-elle. J'ai appris que vous faisiez tous les jours une promenade à cheval en compagnie de votre pupille. Vous ne m'avez jamais dit que Mirabelle Chester était arrivée.

Bien qu'il fût déconcerté par les paroles d'Isobel, il n'en laissa rien paraître.

— Mirabelle n'est qu'une enfant ; elle n'a même pas encore été présentée à la reine à Buckingham Palace.

— On parle beaucoup de son arrivée en Angleterre, ainsi que de sa fortune.

— Ça ne m'étonne guère, dit le marquis avec mépris. Sans doute me trouverez-vous fort inhospitalier, mais je vous demanderai de retourner à Londres cet après-midi même.

— Je veux rester avec vous, insista Isobel, en faisant la moue.

— Je vous invite à déjeuner, à condition, toutefois, que vous partiez ensuite. Excusez-moi maintenant, je dois aller me changer.

Lady Isobel se rapprocha de lui.

— Accordez-moi de rester cette nuit, Linden, le supplia-t-elle.

Le marquis s'arracha au regard ardent de ses yeux sombres et se dirigea vers la porte en ajoutant :

— Peregrine se fera un plaisir de vous servir un verre de champagne. Racontez-lui donc tout ce qui s'est dit sur notre compte depuis notre départ de Londres.

En sortant du salon, il aperçut Peregrine dans l'escalier.

Il le rattrapa et ce dernier demanda :

— Puis-je savoir ce qu'elle te veut, à moins que cela ne soit indiscret ?

— Je l'ai invitée à déjeuner, mais elle quittera l'Abbaye après le repas. Elle a appris la présence ici de Mirabelle. J'ai dû lui expliquer qu'elle était encore trop jeune pour faire son entrée dans le monde. Je vais de ce pas dire à Kistna de manger dans sa chambre.

Peregrine haussa les sourcils, en écoutant son ami qui poursuivait :

— J'aimerais que tu t'occupes d'Isobel pendant que je vais me changer. Si elle t'interroge au sujet de Mirabelle, contente-toi de lui répondre que ce n'est qu'une enfant ayant encore beaucoup à apprendre avant de paraître en société.

Peregrine jeta un regard amusé à son ami, qui

déjà, gravissait la volée de marches suivante. La tournure que prenaient les événements ne le surprenait pas. Au contraire, il trouvait drôle de voir les efforts faits par le marquis pour garder le contrôle de la situation, alors qu'il risquait fort d'être dépassé.

Le marquis frappa à la porte de Kistna. Elle l'invita à entrer mais ne se retourna pas quand il pénétra dans la chambre. Elle était debout à la fenêtre, tête nue, sans chapeau, mais ne s'était pas encore changée. Elle se questionnait au sujet de cette femme, certaine qu'elle était amoureuse du marquis. Elle croyait même que cet amour était réciproque.

— Kistna !

En entendant la voix du marquis, la jeune fille sursauta et lorsqu'elle l'aperçut dans l'encadrement de la porte, son visage s'illumina. Elle avait appelé sa femme de chambre et avait d'abord cru que c'était elle.

Le marquis la contempla un moment en silence, puis revenant à la réalité de ce qui l'amenait, il dit :

— J'ai, en ce moment, la visite d'une personne que je préférerais ne pas vous voir rencontrer. J'aimerais, par conséquent, que vous déjeuniez ici, dans votre boudoir. Vous pourrez descendre dès que cette personne sera partie.

Le marquis s'apprêtait à quitter la pièce, mais les questions de Kistna l'arrêtèrent :

— Pourquoi ne voulez-vous pas que je rencontre cette dame ? Vous avez... honte de moi ?

— Mais bien sûr que non, répondit vivement le marquis. Il ne s'agit pas de cela.

— Alors, pourquoi ne faut-il pas qu'on me voie ?

— Parce que vous séjournez à l'Abbaye sans chaperon. La bienséance voudrait qu'une femme mariée ou d'âge mûr veille sur vous.

— Est-ce là l'unique raison ? s'enquit la jeune fille qui paraissait soulagée.

Le marquis la dévisagea avec étonnement :

— Qu'imaginez-vous ?

Kistna avait tout de suite pensé que le marquis désirait rester seul avec sa visiteuse. Rassurée par l'explication du marquis, elle dit :

— Je déjeunerai ici comme vous le souhaitez, mais je vous en prie, ne laissez pas cette femme gâcher notre après-midi. Je suis impatiente de voir la surprise dont vous nous avez parlé tout à l'heure.

Elle le priait de manière si enfantine que le marquis ne put s'empêcher de sourire.

— Je vous promets de faire mon possible, lui assura-t-il.

Il quitta, cependant, la pièce avec le sentiment d'avoir été cruel, en obligeant la jeune fille à manger seule. Mais cela était la faute d'Isobel.

Le déjeuner fut fastidieux. Isobel avait décidé de retenir, à tout prix, l'attention du marquis et ne cachait pas que la présence de Peregrine la dérangeait. Elle le rabrouait de manière très désagréable chaque fois qu'il lui adressait la parole, si bien qu'il finit par se taire. Pour sa part, le marquis ne fit aucun effort pour entretenir la conversation, et lady Isobel ne parvint pas à l'intéresser en lui racontant sa vie. Le repas était loin d'être aussi plantureux que d'habitude. Peregrine soupçonna son ami d'avoir fait supprimer deux ou trois plats, afin de terminer au plus vite.

— Je vais vous raccompagner à votre voiture, Isobel, conclut le marquis, dès la fin du déjeuner.

— Linden, je voudrais vous parler en tête-à-tête, le défia-t-elle en se dirigeant vers le salon d'argent.

Le marquis resta en arrière et glissa à l'oreille de son ami :

— Fais apporter ses affaires. J'espère ne pas en avoir pour longtemps.

— Je compatis, dit Peregrine.

Le marquis referma la porte du salon, s'efforçant de rester naturel. Il pensait qu'Isobel allait lui faire une scène. Mais elle employa d'abord une autre tactique, se jetant dans ses bras quand il fut suffisamment près d'elle.

— Oh, Linden, je t'aime ! s'écria-t-elle, lui offrant ses lèvres. Embrasse-moi et tu sauras à quel point je dis la vérité.

Le marquis la dédaigna. Le beau visage de cette femme ne l'attirait plus le moins du monde. Il ne comprenait pas ce qui l'avait séduit en elle. Finalement, il se dégagea de son étreinte avec une aisance qui supposait une certaine habitude de ce genre de situation.

— Je crois, Isobel, que nous sommes tous deux en âge de savoir si une affaire de cœur comme la nôtre s'achève, dit le marquis, le dos tourné au feu.

— En ce qui me concerne, elle n'est pas terminée, rétorqua Isobel, furieuse de le voir résister à son charme.

— A mon retour à Londres, je vous offrirai un cadeau d'adieu, en souvenir des bons moments passés ensemble. J'espère que vous n'aurez aucun regret et que nous resterons amis.

Il avait conscience de prononcer des paroles quelque peu suffisantes et pompeuses, mais il savait d'expérience que c'étaient les seules à avoir pour une femme qui s'accrochait à lui. Habituellement, au moment de la rupture, la réaction des femmes qu'il avait cessé d'aimer avait été de pleurer, de bouder ou alors d'accepter l'inévitable. L'attitude d'Isobel était différente : elle semblait déterminée à se battre.

Elle avait déjà connu plusieurs échecs amoureux

et admettait difficilement de perdre le marquis. Elle avait, d'autre part, une idée exagérée de sa séduction, et prenait le rejet dont elle était l'objet, en tant que femme, pour une insulte. Folle de rage, elle se mit à cracher son venin, avec une vulgarité qui la rendit encore plus odieuse aux yeux du marquis : comment avait-il pu avoir le mauvais goût de la trouver désirable ? Après avoir répété les mêmes choses une douzaine de fois, elle prit ses gants et son sac à main, et pleine de rancœur, conclut :

— Je pars comme tu le souhaites, Linden, mais sache bien que je te hais pour ce que tu m'as fait. Je t'ai donné mon cœur et tu l'as piétiné ! Un jour, tu me paieras ça, crois-moi.

Ses yeux se plissèrent, comme elle ajoutait :

— Un jour, une femme te fera souffrir comme tu m'as fait souffrir, et alors, je jubilerai.

Le marquis hocha la tête sans répondre.

Au comble de l'exaspération, lady Isobel se leva et sortit comme une furie. Le marquis lui emboîta le pas, content de son départ. Ils débouchèrent dans le hall où un valet les attendait avec la pelisse en soie de la visiteuse, assortie à la robe. Tandis qu'elle l'enfilait, aidée par le domestique, elle leva les yeux vers le plafond, les posa ensuite sur le marquis, maudissant intérieurement les lieux et leur propriétaire.

Kistna, qui l'épiait par les barreaux de l'escalier, la trouva si belle qu'elle en eut un coup au cœur. Jamais elle n'avait vu femme aussi élégante. Son bonnet agrémenté de plumes d'autruche et son ample robe à manches larges faisaient d'Isobel une femme au charme et à la distinction inégalables.

« Elle va si bien avec le marquis », maugréa la jeune fille.

Puis elle regagna son petit salon, regrettant d'avoir obéi à la curiosité qui l'en avait fait sortir.

Elle voulait savoir pourquoi le marquis l'avait obligée à manger seule. Eh bien, la raison était maintenant évidente : elle ne faisait pas partie de leur monde.

— Je ne suis qu'une étrangère, murmura Kistna, se parlant à elle-même.

Elle n'arrivait pas à chasser de son esprit le beau visage de lady Isobel. Le souvenir qu'elle avait d'elle, levant les yeux vers le plafond, puis les abaissant lentement sur le marquis, était indélébile.

Une vive douleur avait envahi tout son être. La beauté de l'Abbaye ne pouvait plus lui être d'aucun secours ; le soleil qui brillait dehors et la robe neuve qu'elle portait n'arrivaient plus à chasser la laideur qui envahissait à nouveau sa vie. C'était la laideur de la souffrance, une souffrance dont elle n'était pas dupe : celle de la jalousie.

Comment puis-je être jalouse d'une femme que j'ai seulement entr'aperçue ? se demanda-t-elle.

Mais elle connaissait la réponse. Elle était jalouse parce qu'elle aimait le marquis ! Terrible constatation pensait-elle, s'étonnant de n'avoir pas pris conscience de ses sentiments plus tôt.

Maintenant, plus l'ombre d'un doute, elle était tombée amoureuse du marquis, dès le premier instant, à la porte de l'orphelinat. Elle l'avait aimé, bien qu'elle le jugeât encore responsable des agissements de Mrs Moore. Elle avait senti son cœur battre pour lui quand, prenant les choses en main, il avait chassé l'intendante, puis, plus encore le lendemain, quand il était venu la chercher pour l'emmener à l'Abbaye.

D'ailleurs, elle n'avait pas dormi de toute la nuit, craignant qu'il ne tienne pas sa promesse.

C'est une promesse en l'air, s'était-elle dit, mais son cœur y avait cru, car déjà, elle l'aimait.

Il était, en effet, venu la sauver, et elle se serait

volontiers agenouillée devant lui, tant elle le vénérait.

Elle se réveillait chaque jour, heureuse à l'idée de le retrouver, et s'endormait en pensant à lui ; parfois même, elle rêvait de lui.

Je l'aime ! Je l'aime ! répétait-elle pour la centième fois, en arpentant le boudoir fleuri attenant à la chambre.

Cette pièce, dont elle avait apprécié le raffinement, lui apparaissait maintenant comme une prison. Pendant qu'elle y était enfermée, elle redoutait que le marquis ne retourne à Londres en compagnie de cette dame. Elle était en proie au désespoir, quand soudain on frappa à la porte. Il lui fallut un moment pour répondre.

— Monsieur le marquis vous envoie ses compliments, mademoiselle, dit un valet, et il vous invite à le rejoindre pour une promenade.

Kistna sentit son cœur bondir de joie. Elle courut dans sa chambre, où elle passa un bonnet assorti à sa robe, un châle en soie et des gants préparés par sa femme de chambre. En se précipitant vers la porte, elle jeta un regard dans le miroir de la coiffeuse. Au lieu de son propre reflet, elle ne vit que le beau visage de lady Isobel, et elle faillit pousser un cri de stupéfaction.

Comment pouvait-elle être aussi stupide ? Comment pouvait-elle seulement imaginer que le marquis lui prêterait attention, alors que des femmes ravissantes lui disputaient ses faveurs ?

C'est sans espoir, se dit-elle tristement.

Et pourtant, le visage de la belle dame se dissipa, remplacé par le sien. Il lui sembla que ses yeux, moins enfoncés dans leurs orbites, étaient devenus grands, presque immenses dans son petit visage, que, ses joues s'étant remplies, sa bouche paraissait plus petite et mieux dessinée. Son menton restait un peu anguleux, mais son cou était rond, et sa peau douce et blanche. Elle se regarda quelques secondes, puis s'arracha à la contemplation de son image, pressée de retrouver le marquis. Elle dévala les escaliers et courut à sa rencontre.

— Nous pouvons faire confiance à Isobel pour crier sur tous les toits l'arrivée de Mirabelle, déclara Peregrine, plus tard, dans la soirée. Je crois que Branscombe ne tardera pas à se manifester.

— C'est probable, répondit le marquis. La meilleure chose à faire est de le laisser venir à nous.

— Tu crois qu'il viendra ?

— Je le pense, à moins qu'il n'ait déjà découvert une autre riche héritière, ce dont je doute fort. Il est tout de même étonnant qu'il ait besoin d'argent, mais si c'est effectivement le cas, Mirabelle Chester lui semblera la solution toute trouvée pour se renflouer.

— Il ne reste plus qu'une semaine avant Ascot, remarqua Peregrine. Si Branscombe ne s'est toujours pas manifesté d'ici là, que comptes-tu faire de Kistna ?

— Avec tous les bruits qu'Isobel va faire courir à mon sujet, je suis prêt à parier que nous aurons de ses nouvelles dans les vingt-quatre heures.

— Tu es très optimiste.

— Je me trompe rarement. Et quand il s'agit d'hommes comme Branscombe, je pense être psychologue, déclara le marquis, l'air satisfait.

Puis, croisant le regard de Peregrine, il ajouta avec une soudaine tristesse :

— Toutefois, je dois reconnaître mon erreur de jugement à l'égard d'Isobel. Je dois être plus perspicace en ce qui concerne les hommes qu'en ce qui concerne les femmes.

— Personne ne peut prétendre connaître parfaitement les femmes, répliqua Peregrine, pour réconforter son ami. Peut-être serait-il ennuyeux de savoir à quoi nous en tenir ? C'est l'imprévisibilité du beau sexe qui rend le jeu palpitant.

— Je suis aussi de cet avis, acquiesça le marquis en souriant. Cependant, je ferai en sorte de me montrer beaucoup plus prudent à l'avenir.

— Ça m'étonnerait. Mais tes erreurs avec les femmes ont au moins l'avantage de te rendre plus humain.

— Que veux-tu dire ?

— Eh bien, tes succès sont si nombreux dans les autres domaines que c'est un véritable soulagement pour un simple mortel comme moi de découvrir qu'un de ses dieux a des pieds d'argile.

— Voilà une métaphore qui me semble tirée par les cheveux. Et pourtant, j'admets qu'elle recèle une part de vérité. Je souhaite seulement ne pas me tromper aussi facilement la prochaine fois.

Après un moment de silence, Peregrine réitéra sa question :

— J'aimerais savoir ce que tu comptes faire de Kistna.

— Kistna ? Mais tu sais parfaitement quels sont mes projets à son sujet ! Je vais la marier au plus vite à Branscombe.

Il y eut un nouveau silence que Peregrine rompit :

— As-tu songé qu'en découvrant la supercherie, le comte risque de passer sa colère sur Kistna ?

— J'y ai pensé, répondit le marquis, c'est pourquoi je veillerai à ce qu'il subvienne à ses besoins.

— De quelle manière ?

— Je ne lui accorderai la main de Kistna que s'il lui verse, au préalable, une certaine somme d'argent.

— Ne trouvera-t-il pas cela étrange, avec la fortune qu'elle est censée avoir ?

— Je ferai en sorte d'être convaincant, déclara le marquis.

— Et tu crois vraiment que Kistna estimera le marché équitable ?

— Mais enfin, pourquoi ne serait-elle pas ravie ? Nous l'avons sortie d'une misère noire. En épousant le comte, elle pourra s'offrir tous les beaux habits qu'elle voudra, or elle semble apprécier les belles toilettes. De plus, son avenir sera assuré et elle ne connaîtra plus jamais les affres de la faim. Que pourrait-elle souhaiter de plus ?

Peregrine ne se sentait pas le droit d'en dire davantage, mais il doutait que Kistna prît la chose aussi bien que le marquis semblait le penser. Il la savait déjà amoureuse de son ami. Il y a des signes qui ne trompent pas. Il espérait seulement qu'étant donné son jeune âge, elle oublierait vite son premier chagrin d'amour.

Regardant à la dérobée le marquis assis en face de lui, de l'autre côté du tapis, il se demandait comment son ami pouvait être aveugle au point de ne pas s'être aperçu des sentiments de sa protégée. Il conclut qu'il était trop préoccupé par sa vengeance pour penser à quoi que ce soit d'autre.

Peregrine n'aimait pas savoir Kistna malheureuse. Ces derniers jours, il avait découvert avec quelle sensibilité la jeune fille réagissait à tout ce que faisait ou disait le marquis. Il pensait qu'après trois années de souffrance à l'orphelinat, elle supporterait difficilement la haine et le mépris. Vivre dans le luxe n'y changerait rien.

Qu'adviendra-t-il lorsqu'elle apprendra que la générosité de Linden à son égard était un moyen d'assouvir sa vengeance ? se demanda-t-il.

— Si nous allions nous coucher ? proposa soudain le marquis. Nous devons être frais et dispos demain, pour recevoir une éventuelle visite du comte. Je dois prévenir au plus tôt mon personnel que si l'on demande Mirabelle Chester, il s'agira en fait de Kistna.

— Quand vas-tu lui annoncer le rôle que tu lui réserves ?

— Je comptais le faire ce soir, mais elle m'a semblé un peu abattue.

Peregrine avait remarqué la tristesse de la jeune fille. Cependant, il fut étonné que son ami s'en fût également rendu compte.

— Qu'est-ce qui a pu la bouleverser, à ton avis ? demanda-t-il.

— Je ne sais pas, rétorqua le marquis.

— Moi, je crois qu'elle n'a pas apprécié de manger seule dans sa chambre quand Isobel se trouvait ici.

— Je lui ai expliqué que c'était une question de convenances, et elle m'a paru très bien comprendre.

— Heureusement qu'Isobel ne l'a pas vue ! déclara Peregrine. Elle aurait été convaincue que tu lui avais déjà trouvé une remplaçante.

Le marquis éclata de rire :

— C'est probable. Jamais Isobel n'imaginerait que je puisse m'intéresser à une femme sans la trouver désirable.

Au bout d'un moment, Peregrine demanda :

— Pourquoi ne l'emmènerions-nous pas à Londres avant de la jeter dans les bras de Branscombe ?

— Pour quoi faire ?

— Je serais curieux de voir quel succès elle pourrait bien avoir.

Le marquis ne semblait pas comprendre. Alors, Peregrine s'exclama :

— Pour l'amour du ciel, Linden, tu ne vois donc pas à quel point elle est devenue séduisante ! Elle a des yeux magnifiques. Personnellement, je suis fou de son joli petit nez. Il y a en elle une noblesse qui vaut bien celle des Chester.

— Écoute-moi bien, Peregrine, reprit le marquis, en fronçant les sourcils. Si jamais tu vas à l'encontre de mes projets, je te tue ! Nous nous sommes donné tout ce mal pour former Kistna, dans l'unique but de me venger; ne l'oublie pas.

— Eh là, calme-toi ! Je me contentais de suggérer que si Branscombe ne mordait pas à l'hameçon, il y aurait sans doute beaucoup d'hommes pour la demander en mariage. Nous pourrions peut-être, dans ce cas, la laisser suivre son inclination.

Le marquis se leva d'un bond.

— Je ne sais pas ce qui te prend, Peregrine. Jusqu'à présent, tu t'es toujours montré compréhensif et prêt à m'aider et au dernier moment, tu cherches à me mettre des bâtons dans les roues. Vraiment, je ne comprends pas !

— Ce n'est nullement mon intention, protesta Peregrine. J'estime seulement qu'une jeune fille aussi douce et sensible que Kistna mérite mieux que Branscombe.

— Mets-toi bien dans la tête, répliqua sèchement le marquis, que malgré ses défauts, le comte est d'une grande distinction et jouit des faveurs du roi. Peux-tu imaginer une seule femme qui ne soit ravie d'épouser un tel homme ?

— Je crains que Kistna ne soit différente, répondit Peregrine.

— Il est inutile de poursuivre cette discussion, conclut le marquis et je t'interdis, tu m'entends bien, Peregrine, je t'interdis formellement de semer le trouble dans l'esprit de cette fille.

Il tourna le dos à son interlocuteur et sortit de la bibliothèque.

Peregrine soupira. Jamais son ami ne s'était montré aussi désagréable à son égard. Il se leva et s'étira.

Espérons que Linden a raison, se dit-il, et qu'il agit pour le bien de Kistna.

Le marquis était parti se coucher sans lui souhaiter

bonne nuit ; Peregrine sentit qu'un orage n'allait pas tarder à éclater.

Dans sa chambre, Kistna ne parvenait pas à trouver le sommeil. Habituellement, elle s'endormait tout de suite, bercée par les réminiscences de tout ce qu'elle avait fait d'agréable dans la journée en compagnie du marquis. Mais, ce soir-là, elle ne songeait qu'à son amour pour lui, ainsi qu'à l'attitude qu'il avait eue lors de la visite de cette belle dame.

Elle s'en voulait d'avoir cru qu'elle pourrait rester longtemps seule avec le marquis. Pour la première fois, elle se demandait ce qui le retenait auprès d'elle, à la campagne, alors que les divertissements étaient si nombreux, à Londres, en cette saison.

Elle s'était informée auprès de Peregrine au sujet des activités du marquis, lorsqu'il séjournait dans la capitale. Il avait décrit à la jeune fille la maison de son ami, remplie de trésors. Il avait aussi dévoilé son importance sociale et son habileté dans tous les sports. Elle avait, bien sûr, manifesté un vif intérêt pour ses victoires aux courses. Il lui avait alors raconté comment *Étoile filante* était arrivée *ex aequo* au Derby, sans mentionner, toutefois, la perfidie du comte. Elle avait bu les paroles de Peregrine, qui lui apprenait tant de choses sur le marquis.

— Pourquoi Monsieur le marquis ne s'est-il jamais marié ? avait-elle encore demandé.

Peregrine avait haussé les épaules :

— Les femmes qu'il rencontre ne demandent pas mieux que de l'épouser, mais il n'est jamais assez amoureux.

— S'ennuierait-il s'il était marié ?

— Et comment ! Le marquis, comme moi-même, apprécie la vie de célibataire. Nous prenons beaucoup de bon temps ensemble, et, entre nous soit dit, il est bien plus amusant d'entretenir une jolie courtisane que d'être lié pour toujours à une femme, même si elle est fabuleusement belle !

Peregrine faisait preuve de son humour habituel, mais Kistna prit ses propos très au sérieux.

— Je crois comprendre, avait-elle dit. Mais lorsqu'on est vraiment amoureux, on souhaite rester avec la même personne.

Elle pensait à ses parents en prononçant ces mots.

Peregrine avait répondu :

— Le marquis n'est pas ainsi, et qui pourrait l'en blâmer ? Si vous aviez la possibilité d'avoir autant de chevaux que vous le souhaitez, pourquoi monteriez-vous toujours le même, au détriment des autres ?

Il se souvint alors que Kistna était fille de pasteur et s'empressa d'ajouter :

— Peut-être un jour le marquis et moi-même rencontrerons la femme qu'il nous faut. Nous mènerons alors une existence bien sage et bien morne.

— Le mariage n'est pas forcément synonyme d'ennui.

Kistna songeait à la vie conjugale de ses parents, où chaque seconde partagée était un instant de délice.

Peregrine estima qu'il en avait trop dit. Il essaya de mettre un terme à cette conversation :

— Cessez de vous interroger sur les faits et gestes du marquis, et prenez soin de vous-même. Faites-nous confiance pour vous choisir un gentil mari.

— Mais vous venez de dire que la plupart des hommes ne souhaitent pas se marier, avait répliqué Kistna. Et puis, si ça se trouve, personne ne voudra de moi.

— Je suis persuadé du contraire. Je parierais volontiers, si je peux me le permettre, que d'ici un an, vous serez une femme respectablement mariée.

Kistna avait ri, puis elle avait demandé :

— Qui voudrait m'épouser ?

Elle avait ensuite ajouté :

— Le fait que je sois la pupille du marquis représente, sans doute, un avantage considérable.

— Certainement, avait acquiescé Peregrine.

Entraîné dans cette conversation contre son propre gré, il avait été soulagé de voir apparaître le marquis.

Plusieurs nuits de suite, Kistna s'était remémoré les propos de Peregrine. Il était clair que le marquis ne souhaitait pas se marier, mais peut-être pourrait-elle continuer à vivre sous son toit en qualité de pupille, et se satisfaire de cette situation.

Aussi se mit-elle à prier :

— Ô mon Dieu, par pitié, faites que je reste près de lui ! Faites qu'il demeure ici. Faites qu'il ne suive pas cette belle dame à Londres !

Puis, repensant à ses parents, elle se dit qu'elle éprouvait pour le marquis un amour de la même nature que celui qu'ils éprouvaient.

— Je l'aime avec mon esprit, mon cœur... et mon âme, chuchota-t-elle dans l'obscurité.

Elle ajouta, consciente de trop demander :

— Ô mon Dieu, faites qu'il s'intéresse un peu à moi, un tout petit peu ! Un mois, une semaine ou même une journée seulement. Ensuite, je pourrai mourir comblée.

6

Au retour de leur promenade à cheval, le marquis dit à Kistna :

— Lorsque vous vous serez changée, rejoignez-moi dans la bibliothèque : j'ai à vous parler.

La jeune fille lui jeta un regard interrogatif, puis comprenant qu'il n'était guère disposé à s'expliquer, elle monta dans sa chambre.

Tout en revêtant l'une des robes de Mme Yvonne, elle s'interrogeait : que pouvait bien lui vouloir le marquis ? Au cours de cette matinée, elle l'avait trouvé plus distant que de coutume.

Même les plaisanteries de Peregrine ne l'avaient pas déridé.

Qu'ai-je pu donc faire ou dire de mal ? s'interrogea-t-elle.

Ne trouvant aucune réponse à sa question, elle descendit l'escalier, anxieuse.

Ainsi que l'avait fait observer Peregrine, les yeux de la jeune fille étaient non seulement très expressifs, mais fort beaux. Ils emplissaient à ce point son visage que l'on remarquait moins la perfection de ses traits.

Elle ouvrit la porte de la bibliothèque et aperçut le marquis derrière un vaste bureau occupant le centre de la pièce. Sur ce bureau, se trouvait un encrier datant de Charles II. Il avait été conçu par l'un des plus grands orfèvres du pays et Kistna l'admirait toujours quand elle le voyait; mais, aujourd'hui, elle n'avait d'yeux que pour le marquis, et son cœur battait encore plus fort que d'habitude.

— Asseyez-vous, Kistna, lui dit-il, lorsqu'elle fut devant lui. J'ai quelque chose à vous dire.

Elle s'assit tout au bord de la chaise qu'il lui indiquait, et pressa ses mains nerveuses l'une contre l'autre.

— J'envisage pour vous un avenir brillant, lui annonça-t-il, mais j'ai besoin de votre concours.

Il marqua un temps d'arrêt, et Kistna demanda:

— Qu'attendez-vous de moi ?

— Je suppose que vous pensez à vous marier, comme toutes les femmes de votre âge. Or, dans la situation où vous étiez préalablement, vous n'auriez jamais pu trouver un mari digne de vous.

— Mais... je ne veux pas me marier, répondit vivement Kistna.

Le marquis fronça les sourcils et répliqua sèchement:

— Voilà une déclaration ridicule pour une fille de votre intelligence. Toutefois, je suis convaincu que vous pensez le contraire et c'est pourquoi, en ma qualité de tuteur, je vous ai choisi un mari.

Kistna blêmit et serra les poings. La voyant dans l'impossibilité de parler, le marquis poursuivit:

— Étant donné qu'à présent, vous êtes ma pupille, je me dois de vous dédommager de toutes les souffrances que vous avez endurées à l'orphelinat. Et, pour ce faire, je vous ai choisi pour mari un homme très en vue dans la société anglaise.

Il s'interrompit, lisant la crainte dans les yeux de la jeune fille, puis, estimant que c'était l'effet de la surprise, il reprit:

— Cet homme est le comte de Branscombe. Il

possède un titre de noblesse très ancien et jouit des faveurs du roi et de la reine. Il a, de plus, une grande réputation dans le monde des courses.

Le marquis se tut et attendit la réaction de la jeune fille. Au bout de quelques instants, elle se manifesta :

— Et pourquoi m'épouserait-il ?

— Parce que vous êtes ma pupille, bien qu'il vous prenne pour une autre, dont je suis également le tuteur. Mais je ne pense pas que celle-ci serait un bon parti pour lui, alors que vous, vous ferez son bonheur, j'en suis sûr !

— Et si... je ne lui... plaisais pas, bafouilla Kistna, et s'il ne me... plaisait pas ?

— Vous devez savoir, dit le marquis d'un air hautain, que les mariages de convenance sont fréquents dans l'aristocratie anglaise, tout comme en Orient, d'ailleurs.

— Oui, mais aux Indes, ces mariages sont souvent des arrangements financiers, et je croyais qu'il en était de même en Angleterre.

Le marquis fut pris au dépourvu. Connaissant son intelligence, il aurait dû prévoir que Kistna saurait en quoi consistait un mariage de convenance. Il réfléchit une ou deux secondes avant de lui répondre :

— Le comte de Branscombe considère comme un avantage le fait que vous soyez ma pupille.

— Mais comment peut-il vouloir épouser quelqu'un qu'il n'a jamais vu... et qu'il n'aime pas ?

— Je viens de vous expliquer que c'est un mariage de convenance, rétorqua le marquis avec une pointe d'irritation dans la voix. L'amour viendra ensuite. Vous ferez un couple parfait. Vous verrez, le comte est un homme séduisant et il s'apercevra vite que vous avez du charme.

Il ne semblait accorder aucune importance au

sentiment amoureux, mais Kistna, pensant à son père et sa mère, déclara :

— Je vous en prie, je ne veux pas... me marier... pas dans de telles conditions.

Le marquis s'appuya contre le dossier de sa chaise.

— Cette remarque est complètement déplacée. Vous devriez comprendre qu'un tel mariage comblerait plus d'une jeune fille.

Il foudroya Kistna d'un regard furieux et poursuivit :

— Rappelez-vous quelle était votre condition, il n'y a pas si longtemps. Vous disiez que, sans moi, vous seriez morte de faim et de froid. Ne saisissez-vous donc pas quels avantages vous trouverez à être la comtesse de Branscombe ?

Kistna, ne pouvant supporter la colère qu'elle lisait dans le regard du marquis, détourna les yeux. L'irritation qu'elle percevait dans sa voix la blessait presque physiquement.

— D'autre part, continua-t-il, vous devriez m'être reconnaissante de vous préparer un avenir aussi brillant, ne pensez-vous pas ?

— Oh, si, bien sûr, je vous suis reconnaissante de tout ce que vous avez fait, dit Kistna, un sanglot dans la voix.

— Si vous m'êtes vraiment reconnaissante, répliqua le marquis, vous obéirez sans protester. Il me semble que vous me devez bien ça.

Au bout d'un moment, Kistna déclara :

— Je ferai tout ce que Monsieur le marquis me demandera.

— Parfait ! Alors, écoutez-moi attentivement.

Il se pencha en avant, les bras posés sur le bureau, donnant ainsi un air confidentiel à ce qu'il allait dire :

— Le comte de Branscombe a clamé partout à

Londres qu'il avait l'intention d'épouser ma pupille. Quand il viendra ici, je vous présenterai à lui sous l'identité de Mirabelle Chester, cette autre pupille dont je vous ai précédemment parlé et qui se trouve actuellement en Italie. Il ignore que je suis également votre tuteur et vous devrez vous faire passer pour l'autre.

Kistna leva la tête :

— Vous voulez dire... que je dois le tromper ?

— Qu'est-ce que cela peut faire ? Une pupille en vaut bien une autre.

— Je ne comprends pas. Pourquoi ne pas lui dire mon véritable nom ?

— Parce que je veux qu'il vous prenne pour Mirabelle Chester.

Au bout de quelques secondes, Kistna demanda :

— Mais pourquoi dois-je le tromper ainsi ?

— Cela reste mon affaire. Je vous l'ai déjà dit, j'ai l'intention de faire de vous une femme dont la position sociale sera enviée de toutes. Que souhaitez-vous de plus ?

Kistna, à la grande surprise du marquis, se leva soudain et se dirigea vers la fenêtre.

Il ne put s'empêcher de remarquer la grâce de sa silhouette et de sa démarche. Vêtue d'une robe en tulle rose pâle, ornée de rubans du même ton, on aurait dit une fleur.

La jeune fille regardait le parc ensoleillé. Sans se retourner, elle finit par dire :

— Seriez-vous fâché... si je refusais de faire ce que vous voulez ?

Le marquis se raidit, puis frappa le bureau de sa paume :

— Non seulement je serais furieux, mais je vous considérerais comme une idiote.

Devant le silence de Kistna, il continua :

— Croyez-vous avoir le choix ? Vous ne pouvez

pas rester ici, indéfiniment, sans chaperon. Le mariage est la seule issue pour vous, et vous trouverez difficilement meilleur parti que le comte de Branscombe.

— Je pourrais peut-être gagner ma vie ?

— Comment ? Quels talents avez-vous ?

Devant le mutisme de la jeune fille, il ajouta :

— Vous ne pensez tout de même pas à travailler dans un orphelinat, même un établissement plus agréable que celui d'où vous sortez ? Je croyais que vous en aviez soupé de cette existence !

Kistna, à nouveau blessée par sa colère, se retourna vers lui :

— Je vous suis reconnaissante de vos projets et de vos bontés à mon égard, et vous promets de faire ce que vous voudrez, déclara-t-elle d'une voix cassée.

Elle garda, toutefois, le contrôle d'elle-même et revint vers le bureau.

— Je savais que vous entendriez raison. Souvenez-vous bien, Kistna, que désormais vous vous appelez Mirabelle Chester. Vous êtes, à présent, la fille de mon cousin Lionel, un aventurier, dont la passion était de parcourir la terre entière. Il se prétendait explorateur. Il est mort et sa femme aussi.

— Mirabelle est donc... orpheline... tout comme moi !

— Exactement ! Et de plus, vous avez le même âge.

Voyant Kistna très pâle et prête à s'évanouir, le marquis se leva et lui dit :

— Prenez donc un siège plus confortable et écoutez-moi attentivement. Il vous faudra connaître de nombreux détails sur Mirabelle, afin de ne pas commettre d'erreur.

Il s'avança vers la cheminée, suivi par Kistna,

qui s'installa dans un grand fauteuil. Il avait fait si chaud ces derniers jours qu'au lieu d'allumer du feu, on avait placé dans l'âtre tout un assortiment de fleurs et de plantes vertes provenant des serres du marquis. Aux yeux de Kistna, cette luxuriance était inséparable de la beauté de l'Abbaye ; dans son esprit, leur parfum s'opposait à l'odeur de poussière et de saleté qui caractérisait l'orphelinat.

Son séjour aux Indes avait développé ses sens. Pour elle, la vision et l'ouïe contribuaient autant à l'élaboration d'un souvenir que l'odorat. Pour elle, l'Abbaye avait une odeur bien particulière, constituée d'un mélange de parfums de fleurs et de cire d'abeilles, auquel s'ajoutait l'odeur de cigare, le tout étant associé au marquis. Elle le trouvait si beau, si séduisant, assis en face d'elle, qu'elle sentit tout son corps vibrer.

— Depuis la mort de son père, Mirabelle vit à Rome, expliqua-t-il. Elle termine actuellement ses études dans une très bonne école. Cependant, vous devez en savoir aussi long qu'elle sur un grand nombre de sujets, et peut-être même davantage, du fait de la vie que vous avez menée.

— Je ne parle pas italien.

— Certes, mais vous progressez rapidement en français ; or, je doute que le comte connaisse une autre langue étrangère que celle-là.

— Et s'il me pose des questions auxquelles je ne peux répondre ?

— Vous êtes assez fine pour ne pas vous laisser prendre au piège ; dans un tel cas, il est toujours préférable d'en dire le moins possible.

— Et... pour quand envisagez-vous ce... mariage ? bégaya Kistna.

Le marquis s'apprêtait à dire « le plus tôt sera le mieux », mais il craignait que cette réponse n'effraie la jeune fille et resta dans le vague.

— Nous devrons en discuter avec le comte. Le mieux est de vous en remettre entièrement à moi. Pensez à la chance que vous avez, et dites-vous bien que si vos parents étaient encore de ce monde, ils apprécieraient, sans aucun doute, mon choix. Songez à leur gratitude s'ils pouvaient voir l'avenir exceptionnel que je vous prépare.

Le marquis trouva sa tirade peu subtile, mais néanmoins rassurante. Aussi fut-il surpris que Kistna le regarde avec des yeux hagards. Elle semblait prête à protester et à revenir sur sa promesse. Mais l'expression de son visage changea, comme si elle faisait un effort et, pourtant, les larmes lui montèrent aux yeux, qui parurent encore plus grands. Elle se leva brusquement et, bafouillant une excuse, se précipita hors de la pièce, laissant le marquis bouche bée.

— Nous avons une visite ! s'écria Peregrine, alors que tous les trois remontaient l'allée conduisant à l'Abbaye.

Il jeta un regard au marquis qui, en même temps que lui, avait reconnu le phaéton garé devant l'Abbaye. Les couleurs jaune et noir des roues, que l'on retrouvait également sur le revêtement des sièges et sur la livrée du cocher, étaient celles du comte de Branscombe.

— Qui croyez-vous que cela soit ? demanda Kistna d'une voix tremblante.

Elle pensait que la belle dame de la veille était de retour.

Le marquis et ses deux compagnons revenaient en phaéton d'une visite à l'une des fermes du domaine. A son grand ravissement, Kistna avait contemplé des agneaux et des veaux juste nés tenant à peine sur leurs pattes. Elle était si heureuse en compagnie du marquis qu'elle avait oublié, pour un temps, son chagrin du matin. Elle avait été tellement enthousiasmée qu'elle avait réussi à communiquer sa joie aux deux hommes.

— Maman me parlait souvent des charmes du printemps en Angleterre. Et je m'attendais à voir des jonquilles dorées sous les arbres et des bourgeons sur les branches ; en revanche, je ne pensais nullement trouver des agneaux, des poussins et des canetons.

Tout en parlant, elle avait ramassé un poussin pelucheux et l'avait placé sur sa paume, afin de le montrer au marquis.

— N'est-il pas adorable ? lui avait-elle demandé.

Conquis par la scène, Peregrine avait pensé que ce qualificatif convenait également à merveille à la jeune fille, et avait trouvé étonnant que le marquis ne fût pas sensible à sa beauté, décuplée par le bonheur.

Mais à la vue du mystérieux phaéton, Kistna était redevenue anxieuse.

— Allez mettre votre plus belle robe, lui dit le marquis, d'un air satisfait. Demandez à votre femme de chambre de vous coiffer et attendez que je vous fasse appeler. Je vais vous présenter à votre futur mari, le comte de Branscombe.

— Il est... ici ? demanda-t-elle avec effroi.

— Ce phaéton lui appartient, répondit le marquis. Comme vous pouvez le constater, c'est un véhicule coûteux, et ses chevaux sont des bêtes remarquables.

Les paroles du marquis firent l'effet d'une douche froide à la jeune fille. Comme elle le regardait sans souffler mot, il ajouta :

— N'oubliez pas votre promesse et souvenez-vous que vous vous appelez, désormais, Mirabelle.

— Je n'ai pas oublié, dit Kistna à voix basse, mais j'aimerais bien savoir pourquoi vous voulez me faire épouser le comte, alors que vous ne l'aimez pas.

— Qui vous a dit cela ?
— Je l'ai senti à votre ton.
— Vous avez trop d'imagination, rétorqua froidement le marquis, tout en immobilisant ses chevaux derrière le phaéton du comte.

Ils descendirent de voiture et Kistna, obéissante, courut se changer. Le marquis se tourna alors vers Peregrine, un sourire de contentement aux lèvres.

— Tu avais raison, chuchota-t-il. Le poisson a mordu à l'hameçon. Il ne nous reste plus qu'à le tirer hors de l'eau.

— Je te laisse t'en charger, répliqua Peregrine. Mais n'oublie pas, Linden, que tu joues avec des êtres humains, et non avec les pièces d'un jeu d'échecs.

Le marquis eut un air perplexe, puis, tandis que Peregrine montait dans sa chambre, il se rendit dans le salon où l'attendait le comte. En apercevant son vieil ennemi, il éprouva instinctivement un sentiment d'antipathie et de méfiance qu'il ne laissa pas paraître et il l'accueillit avec une jovialité feinte.

— Bonjour, Branscombe ! Voilà une visite inattendue ! dit-il, feignant l'étonnement.

— J'espère que vous pardonnerez mon arrivée impromptue, mais je désire vous entretenir d'une affaire personnelle.

— Vous êtes tout excusé. Asseyez-vous donc. Je vois que mes domestiques vous ont servi à boire.

Le comte posa son verre de champagne, mais resta debout devant la cheminée. Le marquis se remplit un verre et attendit les explications de son hôte.

— Voilà déjà un certain temps que je songe à me marier, déclara celui-ci. Or, comme vous ne tarderez pas à l'apprendre, mon cher Alchester, le roi et la reine souhaitent que leurs serviteurs les plus proches, comme moi-même, fondent un foyer.

Il marqua un temps d'arrêt, puis, le marquis ne faisant aucun commentaire, il poursuivit :

— Ma future femme acquerra le titre héréditaire de dame de compagnie à la cour et bénéficiera de l'amitié et de la protection royales.

Le comte persistait à rester debout ; il semblait mal à l'aise. Savourant sa revanche, le marquis s'installa confortablement dans un fauteuil. Depuis qu'il le connaissait, c'était la première fois qu'il le voyait en position de demandeur.

— La reine, qui n'a pas encore vingt-six ans, appréciera la compagnie d'une jeune personne, dit celui-ci. Vous êtes bien d'accord avec moi ?

— Oui, bien sûr, murmura le marquis.

— C'est pourquoi, après mûre réflexion, j'ai décidé de prendre pour femme une toute jeune fille. Mais il faudra aussi qu'elle ait la connaissance et l'éducation appropriées à la position qu'elle occupera à la cour en m'épousant.

Le marquis hocha la tête et avala une autre gorgée de champagne.

— Il n'est pas facile de trouver ce que l'on souhaite dans la vie, poursuivit le comte, mais j'ai pensé que la personne qui conviendrait le mieux à mes aspirations est votre pupille, mon cher, — Mirabelle Chester.

Le marquis simula la surprise.

— Mirabelle ! s'exclama-t-il. Mais elle n'a pas même fait son entrée dans le monde.

— Pourtant, elle a dix-huit ans, n'est-ce pas ?

— C'est exact. Mais je ne songeais pas à la marier aussitôt.

— Pourquoi attendre ?

Le marquis posa son verre :

— Vous me prenez au dépourvu, Branscombe.

Étant son tuteur, je dois veiller à tout. Évidemment, je sais quels avantages ce mariage présente pour elle, mais je n'ignore pas non plus quels sont vos intérêts à cette union.

Ces paroles suffirent à allumer une lueur de convoitise dans le regard du comte. Il demanda, toutefois, avec une désinvolture apparente :

— Elle possède une grande fortune, n'est-ce pas ?

— Une fortune immense ! acquiesça le marquis, une fortune qui ne cessera probablement pas de croître.

— Je présume donc, dit le comte avec une note de triomphe dans la voix, que vous m'autorisez à faire la cour à votre pupille et à lui demander sa main ?

— Je ne peux qu'accepter votre requête, mais, toutefois, j'y mets une condition.

— Laquelle ?

— Que vous versiez à ma pupille une somme d'argent qui lui appartiendra exclusivement jusqu'à sa mort et ce, avant son mariage.

Le marquis n'était pas mécontent de lui ; en évitant d'employer le nom de Mirabelle, il s'abstenait de mentir.

— Mais pourquoi ? s'enquit le comte.

— Je veux que ma pupille soit indépendante de son mari, qui aura l'entière disposition de sa fortune.

— J'ai la réputation d'être généreux, se vanta le comte.

— Il n'est pas rare de voir un mari s'approprier la fortune de sa femme sans lui laisser un sou.

— Je vous assure que je ne suis pas de ceux-là.

— Je dois protéger les intérêts de ma pupille, insista le marquis.

Un silence s'ensuivit au bout duquel le comte demanda :

— A combien estimez-vous la somme que vous souhaitez me voir lui verser ?

— Étant donné la fortune colossale de Mirabelle, j'envisageais un capital qui lui rapporterait mille livres par an.

— C'est impossible ! aboya le comte.

— Impossible ?

— Je ne m'attendais pas à de telles exigences de votre part, mais puisque c'est le cas, je dois vous avouer, sous le sceau du secret, qu'il me serait très difficile, sinon impossible, de lui accorder une telle somme.

— Vous me surprenez, répondit le marquis.

Outrepassant les règles de politesse les plus élémentaires, le comte se resservit un verre de champagne sans demander l'autorisation de son hôte.

— Je vais être franc avec vous, Alchester, dit-il après avoir bu une gorgée ; peu de gens savent ce que je vais vous confier : la raison pour laquelle je suis dans l'embarras financier.

Le marquis fut surpris par une telle révélation. Il attendit la suite de la confidence avec attention.

— Mon grand-père était un homme riche, mais très extravagant, déclara le comte. Il avait une grande famille aussi, décida-t-il de répartir sa fortune entre tous ses enfants, à la suite de quoi, mon père, étant l'aîné, se trouva lésé.

Le marquis esquissa un léger sourire. Il savait, en effet, que c'était la coutume dans les familles aristocratiques de pourvoir les aînés au détriment des cadets.

— Mon grand-père, continua le comte, qui était aussi très fier de ses ancêtres, fut ravi quand le prince Frederick de Melderstein lui demanda la main de sa plus jeune fille.

Étonné, le marquis leva les sourcils.

— Je connais le prince Frederick ; j'ignorais que sa femme était votre tante.

— Elle ne l'est pas ; c'est ce que je suis en train de vous expliquer, rétorqua le comte, irrité par cette interruption. Le mariage était décidé et mon grand-père, prévoyant que le prince attendait de sa fiancée une dot importante, fit une chose que je réprouve.

— Quoi donc ? demanda le marquis qui connaissait déjà la réponse.

— La veille de son mariage, il fit parvenir à ma tante une énorme somme d'argent. Or, le lendemain, ma tante avait disparu.

— Vraiment ?

— Elle n'avait emporté aucune de ses affaires et on pensa qu'elle avait été assassinée.

— Mais vous n'avez jamais pu le prouver ?

— Comment l'aurais-je pu ? On n'a jamais retrouvé son corps, rétorqua sèchement le comte.

— Si je comprends bien, vous êtes dans l'impossibilité de toucher cet argent, qui aurait dû vous revenir.

— Exactement, convint le comte. Néanmoins, j'ai été informé par la cour qu'il me serait rendu, vingt-cinq ans après la disparition de ma tante. En effet, ce laps de temps écoulé, on conclura à sa mort.

— Combien vous faut-il encore attendre ?

— Cinq ans environ.

Le marquis laissa échapper un sourire que Peregrine aurait qualifié de cruel.

— Situation fâcheuse, je le reconnais, mais vous comprendrez, étant donné les circonstances, qu'il m'est impossible de vous accorder la main de ma pupille.

— Vous me refuseriez sa main ?

Le comte était sidéré.

— Je crains fort d'y être obligé, à moins que

vous ne trouviez, d'une manière ou d'une autre, la somme que j'exige.

Le comte eut un petit ricanement.

— Si le bruit de mon mariage avec Mirabelle se propage, j'imagine que je n'aurai aucun mal à emprunter de l'argent.

Le comte arpenta la pièce et se resservit du champagne. Il finit par dire :

— Si j'arrive à trouver de quoi lui verser une pension annuelle de cinq cents livres, cela vous conviendrait-il ?

— Mettons sept cents livres, et affaire conclue. Après tout, nos chevaux ayant été *ex aequo* au Derby, nous devrions facilement conclure un arrangement à l'amiable. Mais je ne peux baisser davantage mon prix.

Après un moment de réflexion, le comte déclara :

— C'est d'accord, mais j'étais loin d'imaginer un tel marchandage de votre part, Alchester.

— C'est pour le bien de ma pupille, répondit le marquis. J'imagine que vous aimeriez la voir, maintenant ?

— Naturellement. Et je vous propose que le mariage ait lieu dans les plus brefs délais. La reine, je le sais, en sera ravie, et j'ai de bonnes raisons d'être pressé.

Le marquis se doutait bien que ces raisons étaient seulement financières, mais il s'abstint de tout commentaire. Il sonna la cloche et un valet apparut.

— Allez dire à ma pupille de me rejoindre, lui ordonna-t-il.

— Tout de suite, monsieur le marquis.

Quand la porte se referma, le comte déclara :

— Je préférerais annoncer à Londres que Mirabelle sera ma femme au lieu d'attendre qu'elle y ait fait ses débuts pour ensuite annoncer nos fiançailles.

Le marquis se dit que le comte devait avoir un besoin d'argent encore plus pressant qu'il ne l'avait laissé entendre. Mais cette hâte à s'approprier la fortune de Mirabelle servait, en fait, ses plans. Toutefois, il ne laissa rien paraître de sa satisfaction.

— Croyez-vous vraiment que ce serait une bonne idée ? demanda-t-il au comte. Vos parents risquent de trouver étrange que vous ne leur présentiez pas votre future femme. Et je pense que ma propre famille aimerait également vous rencontrer.

— Je ne vois pas pourquoi nous nous compliquerions la vie avec ces ennuyeux rassemblements de famille, répondit sèchement le comte. Ne serait-il pas plus simple pour nous deux que le mariage ait lieu, par exemple, dans votre chapelle privée ? Nous annoncerions ensuite cet événement comme un fait accompli.

— Je dois avouer que cela m'arrangerait bien, acquiesça le marquis. J'ai, en effet, horreur de tout ce qui est mariage. Cependant, je dois d'abord consulter ma pupille en privé.

Il craignait qu'une telle précipitation n'effraie Kistna, et qu'elle ne revienne sur sa promesse d'épouser le comte. Il devait donc la préparer à une échéance aussi brève. Mais la porte s'ouvrit, livrant passage à la jeune fille.

Elle est ravissante, constata le marquis. Elle portait une élégante robe verte, à la dernière mode, et une coiffure des plus élaborées. Un petit bouquet de perce-neige, qui ornait son cou, lui donnait un air très printanier.

Elle s'avança vers eux avec la démarche que lui avait apprise le marquis et s'arrêta juste où il fallait pour faire la révérence. Puis elle leva sur les deux hommes des yeux immenses, empreints d'une profonde inquiétude.

Afin de la rassurer, le marquis la prit par la main. Il sentit ses doigts trembler entre les siens, comme les ailes d'un oiseau captif. Pressant doucement sa paume, il lui dit :

— Ma chère pupille, je vous présente le comte de Branscombe, que j'ai autorisé à vous faire la cour.

Le comte s'inclina ; avec sa cravate soigneusement nouée, son habit de cheval en whipcord et ses bottes à la Souvorov bien cirées, il avait belle allure.

— Votre tuteur, miss Chester, dit-il à Kistna, a bien voulu consentir à notre union. J'ai, par conséquent, l'honneur de vous demander en mariage.

Il lui tendit la main, et Kistna, gorge nouée, retira la sienne de celle du marquis pour l'offrir au comte, qui la porta à ses lèvres.

— Je suis sûr, déclara-t-il, que nous nous entendrons très bien.

Kistna paraissait dans l'impossibilité de parler. Alors, le marquis s'empressa de clamer :

— Voilà un événement qui se fête. Je tiens à boire à votre santé.

Il remplit deux verres, l'un pour lui et l'autre pour Kistna, tandis que le comte entamait un monologue, à la suffisance monumentale :

— Votre tuteur vous le confirmera, Sa Majesté a toute confiance en moi, et la reine ne fait rien sans me demander mon avis. Cette grande responsabilité, je souhaite la partager avec ma femme, tout comme les obligations sociales inhérentes à mes fonctions dans le Hampshire, où, depuis des siècles, les Branscombe jouent un rôle proéminent.

Le marquis tendit un verre à Kistna et leva le sien :

— Je bois à votre union et à votre bonheur ! déclara-t-il.

— Merci, dit le comte.

Il avait fini son verre, alors que Kistna avalait péniblement une première gorgée du sien. Elle était aussi pâle que les perce-neige autour de son cou, et le marquis craignit qu'elle ne s'évanouît.

— Allez donc chercher Mr Wallingham, lui suggéra-t-il. Il sera ravi d'apprendre l'heureuse nouvelle.

— Tout de suite, dit Kistna d'une voix étranglée.

Elle posa son verre sur la table la plus proche et sortit précipitamment.

— Elle est encore très jeune et très timide, expliqua le marquis, inventant des excuses pour justifier le silence de Kistna.

Le comte sourit :

— La timidité est l'une des qualités que j'attends de ma future femme.

Il parlait avec une telle outrecuidance que le marquis eut envie de le frapper. Il se contrôla, toutefois, et sonna pour qu'on apporte une autre bouteille de champagne.

Comme il s'en doutait, Peregrine revint sans Kistna. Ce dernier félicita le comte avec un manque de conviction évident. Mais celui-ci était si imbu de sa personne qu'il ne s'aperçut de rien. Il quitta l'Abbaye, sans penser un seul instant que l'on eût pu refuser sa requête, et convaincu que Kistna était ravie de devenir sa femme.

— Maudit soit-il ! s'exclama le marquis, après son départ. Je le déteste davantage à chaque fois que je le vois. Je ne comprends pas comment le roi peut le supporter.

Peregrine n'avait pas écouté les paroles de son ami. Il était uniquement préoccupé par la réaction de Kistna.

— Qu'en a-t-elle pensé ? demanda-t-il.

— Je n'en ai aucune idée ; elle n'a pas dit un seul mot.

Si le marquis était satisfait que la timidité de la jeune fille ait plu au comte, il était néanmoins étonné de sa fragilité. Il la croyait plus forte de caractère.

— Où est-elle allée ? s'enquit Peregrine.

— Dans sa chambre, je suppose, répondit le marquis. Je vais l'envoyer chercher.

— Elle doit être bouleversée ; peut-être vaut-il mieux que j'y aille, proposa Peregrine.

Après une certaine hésitation, il se reprit :

— Et puis non ; c'est à toi d'y aller. C'est toi qu'elle voudra voir.

Le marquis ne discuta pas.

— Elle est sûrement dans son boudoir, dit-il. Je vais l'y rejoindre, mais, auparavant, je vais prendre un remontant. La vanité du comte a été difficile à supporter.

— As-tu pris des mesures quant à l'avenir de Kistna ? demanda Peregrine, qui se préoccupait toujours de la jeune fille. Quand il connaîtra la vérité à son sujet, il la traitera comme Dulcie : il la flanquera à la porte sans lui donner un sou.

— J'y ai songé, répliqua le marquis : je lui ai imposé d'attribuer à Kistna une rente de sept cents livres par an.

Il ajouta avec un sourire :

— J'ai commencé par lui demander mille livres, mais il m'a avoué avoir de grandes difficultés financières. Je lui ai alors suggéré d'emprunter cet argent, ce qu'il a finalement accepté de faire.

— Des ennuis d'argent ? s'étonna Peregrine. J'ai toujours cru qu'il roulait sur l'or.

— Moi aussi, convint le marquis. S'il est actuellement dans la gêne, la faute en incombe à son grand-père qui a dilapidé une bonne partie de sa fortune en voulant constituer la dot de sa fille cadette, fiancée au prince Frederick de Melderstein. En effet, celle-ci a disparu la veille de son mariage. Branscombe est persuadé que sa tante a été assassinée, mais il ne peut le prouver, car on n'a jamais retrouvé le corps.

— Je me souviens maintenant, dit Peregrine, que mon père m'avait parlé de cette histoire. Elle avait fait beaucoup de bruit à l'époque : il s'agissait d'un mariage princier ; à cette occasion, de hautes personnalités étaient venues de toute l'Europe.

Il rit.

— Ainsi, non seulement la fiancée a disparu, mais également l'argent de sa dot. Branscombe doit être furieux de ne pouvoir mettre la main dessus.

— Je comprends maintenant pourquoi il tenait tant à gagner au Derby. En plus des honneurs de la victoire, les 2 800 livres du prix étaient primordiales pour le sortir de cette situation difficile.

— Tout à fait, acquiesça Peregrine. Et tu peux parier qu'il fera tout son possible pour remporter la coupe d'or à Ascot. Tu devras le surveiller de près, surtout s'il réemploie Jake Smith.

— Il n'a pas intérêt à tricher à nouveau. S'il me fait le moindre coup bas, je te jure que je ferai disqualifier son cheval et son jockey, à défaut de pouvoir le disqualifier lui-même.

— Il sera suffisamment puni quand il apprendra que Kistna n'a aucune fortune.

— Et nous savons maintenant qu'il en souffrira encore plus que nous ne l'imaginions, déclara le marquis avec satisfaction.

Puis le fait de parler de Kistna sembla lui rappeler brusquement l'existence de la jeune fille ; il s'écria soudain, impatient :

— Mais pourquoi ne descend-elle pas ? Branscombe est parti et je veux lui parler.

7

— Le dîner est servi, monsieur le marquis.

Le marquis leva les yeux vers le maître d'hôtel.

— Nous attendons miss Kistna, dit-il sèchement.

— Mrs Dawes m'a prié de prévenir Monsieur le marquis que miss Kistna ne descendra pas dîner.

Le marquis fronça les sourcils, et sans faire de commentaire, posa son verre. Il se leva et, suivi par Peregrine, se rendit dans la salle à manger.

Après le départ du comte, il était allé frapper à la porte de Kistna. A sa grande surprise, Mrs Dawes lui avait ouvert.

— Je voudrais voir miss Kistna.

— Je pense qu'il serait préférable de la laisser seule, si Monsieur le marquis veut bien me pardonner de lui parler ainsi. La pauvre enfant est bouleversée et je l'ai convaincue de s'allonger un moment.

Le marquis eut du mal à dissimuler sa contrariété. Il voulait à tout prix s'entretenir avec Kistna.

— Eh bien, dites à miss Kistna de me rejoindre pour le dîner.

A la contrariété du marquis se mêlait un sentiment qu'il ne voulait pas s'avouer.

Comme d'habitude, le dîner fut excellent, mais le

marquis mangea sans appétit et ne se montra guère bavard.

Quand les domestiques se furent retirés, il dit à Peregrine :

— Branscombe sera sans doute obligé d'emprunter la somme que j'exige de lui à un haut taux d'intérêt : ma vengeance va lui assener un coup terrible.

Peregrine resta sans réaction. Son ami lui fit remarquer :

— Tu n'as pas l'air ravi. Je croyais pourtant que tu détestais le comte autant que moi.

— Certes, répondit Peregrine, mais je n'aime pas te voir dans cet état.

— Qu'entends-tu par là ?

Peregrine chercha ses mots.

— Ma mère disait toujours, déclara-t-il, que la haine est un boomerang qui revient frapper le lanceur, en lui faisant plus de mal qu'à la victime.

— Je crois saisir ce que tu essaies de me faire comprendre, répondit le marquis sur un ton hautain. Tu ne t'attends tout de même pas à ce que je laisse Branscombe s'en tirer sans perdre des plumes, après sa conduite au Derby ?

Peregrine s'abstint de répondre et le marquis poursuivit :

— Non seulement ma vengeance va l'humilier, mais elle va le toucher à son point le plus sensible : sa bourse.

— J'en ai assez de parler de lui ! s'exclama Peregrine avec irritation. Toute cette histoire te monte à la tête et tu deviens un véritable monstre ! Je préfère mille fois voir Branscombe tricher au Derby plutôt que d'approuver ta manière d'intriguer. J'estime que c'est indigne de toi.

Le marquis était confondu. Depuis qu'ils se connaissaient, jamais Peregrine ne lui avait parlé ainsi.

Pourtant, il refréna la colère qui l'envahissait. Leur dispute ne devait pas être entendue par les domestiques qui attendaient dans la pièce à côté pour desservir. Il agita la clochette en or qui se trouvait sur la table.

Le maître d'hôtel apparut aussitôt.

— Monsieur le marquis a sonné ? demanda-t-il.

— Apportez-nous le cognac dans la bibliothèque.

Le marquis se leva de table tout en se demandant comment il allait réfuter les accusations de Peregrine. Il le trouvait fort injuste et tenait à lui démontrer que par son attitude, il prenait le parti de Branscombe.

Ils pénétrèrent dans la bibliothèque, pièce où le marquis aimait s'asseoir seul ou en compagnie masculine exclusivement. Bien qu'il ne fît pas encore nuit, des bougies y étaient allumées; leur douce lumière mettait en valeur les magnifiques reliures en cuir des ouvrages posés sur les rayons.

Quand le maître d'hôtel eut servi le cognac, le marquis lui demanda :

— Je suppose que vous avez fait monter son repas à miss Kistna ?

— Le hors-d'œuvre seulement, mais elle me l'a renvoyé en me faisant dire qu'elle ne voulait pas dîner.

Après le départ du maître d'hôtel, le marquis, furieux, s'écria :

— Je n'ai jamais entendu pareille ineptie ! Ne pas vouloir dîner, après avoir souffert de la faim pendant tant d'années !

— Elle est bouleversée.

— Bouleversée ? Pourquoi le serait-elle ? Bien que nous sachions quel homme est Branscombe, je lui trouve tout de même une certaine classe. Voilà qui ne devrait pas laisser une femme insensible.

— Apparemment, ce n'est pas l'avis de Kistna.

— Pourquoi dis-tu ça ?

— Cela me paraît évident.

— Parce qu'elle boude dans sa chambre ? Mais pour qui se prend cette fille ? Elle ne comprend donc pas quelle chance elle a d'épouser Branscombe. Il me semble que c'est une perspective autrement séduisante que celle d'avoir à gagner sa vie.

— A-t-elle manifesté cette intention ?

— Oui, elle l'a vaguement suggérée. Je lui ai bien sûr fait remarquer que tout ce à quoi elle pouvait aspirer était de travailler dans un orphelinat ; j'ai même ajouté qu'elle devait en avoir soupé de ce genre d'existence.

— Voilà une remarque bien cruelle.

Le marquis regarda à nouveau son ami, étonné par son audace.

— J'ai essayé de lui faire comprendre que ce mariage est la chance de sa vie. Après tout, elle ignore tout de Branscombe. Pourquoi refuserait-elle de l'épouser ?

Il y eut un lourd silence. Apparemment, le marquis attendait une réponse ; Peregrine eut le courage de dire :

— Parce qu'elle en aime un autre.

Le marquis dévisagea Peregrine, bouche bée, comme s'il le voyait pour la première fois. Renonçant à poser la question qui lui brûlait les lèvres, il sortit de la bibliothèque en claquant la porte derrière lui. Ses pas saccadés résonnèrent dans le corridor.

Il traversa le hall et s'engagea dans l'escalier principal, mû par une froide détermination. En arrivant devant la porte de la chambre de Kistna, il hésita un moment, réfléchissant à ce qu'il allait lui dire, ou s'interrogeant peut-être sur ses sentiments. Puis il se décida à frapper.

Aucune réponse ne lui parvint. Il conclut qu'elle avait dû aller se coucher comme Mrs Dawes le lui avait conseillé. Il frappa alors à la porte voisine et entendit bouger : Mrs Dawes apparut sur le seuil. Elle paraissait surprise de le voir.

— Je suis venu prendre des nouvelles de miss Kistna, dit-il. Je suis inquiet, car elle n'est pas descendue dîner.

— Je la croyais avec vous, dit la gouvernante.

Le marquis secoua la tête.

— Je ne comprends pas ! s'exclama Mrs Dawes. Quand j'ai appris qu'elle n'avait rien voulu manger, j'ai pensé qu'elle devait être bien malheureuse. Aussi, suis-je montée la voir après dîner, mais je n'ai trouvé personne.

Pour s'assurer que Kistna n'était pas là, le marquis pénétra dans la pièce. Le lit était défait, mais la chambre était vide.

— Quand je suis arrivée, il y a cinq minutes, le placard était ouvert ; j'ai pensé qu'elle s'était changée avant de vous rejoindre.

— Elle n'est pas venue dans la bibliothèque et je doute fort qu'elle se soit rendue seule au salon.

— Ça m'étonnerait aussi. Mais maintenant que j'y pense, peut-être était-ce miss Kistna que j'ai vue.

— Que voulez-vous dire ?

— Ça ne m'est pas venu à l'esprit sur le moment, mais quand je suis rentrée dans sa chambre, les rideaux étaient tirés et je suis allée à la fenêtre ; j'ai alors aperçu une silhouette blanche qui traversait la pelouse en direction du lac.

— Je doute que miss Kistna ait eu envie de faire un tour en cet endroit aussi tard.

— Peut-être s'est-elle dit qu'un peu d'air frais lui ferait du bien.

— Peut-être, convint le marquis.

— Je ne l'avais jamais vue aussi malheureuse.

Ça m'a fait mal au cœur. C'était comme si elle venait d'apprendre une mauvaise nouvelle.

De toute évidence, Mrs Dawes était dévorée par la curiosité, mais comprenant que le marquis ne lui fournirait aucun renseignement, elle déclara :

— A votre place, monsieur le marquis, j'essaierai de la retrouver : elle risque d'avoir un accident dans l'obscurité.

Le marquis dévisagea la gouvernante, puis quitta la pièce brusquement.

Au lieu de redescendre l'escalier principal, en bas duquel étaient postés des laquais, il emprunta un escalier secondaire conduisant à l'aile orientale de l'Abbaye ; là, une porte donnait directement sur le jardin. Le marquis tira les deux verrous et se retrouva sur la pelouse qui s'étendait jusqu'au lac.

Il se dit que la personne aperçue par Mrs Dawes avait dû se diriger vers l'extrémité du lac, dissimulée par un bosquet d'arbres et de buissons. Il paraissait, cependant, étrange que Kistna ait pris cette direction. Puis, la conversation matinale lui revenant en mémoire, il hâta le pas.

Quand ils avaient franchi le pont au-dessus du lac, Kistna qui regardait les reflets du soleil dans l'eau, avait demandé :

— Venez-vous parfois nager ici ? Je suis sûre que vous avez dû souvent vous y baigner lorsque vous étiez enfant.

— En effet, avait répondu le marquis avec un sourire, mais à cet endroit uniquement. Le reste du lac est très dangereux.

— Pourquoi ? s'était enquise Kistna.

— A cause de ce que les jardiniers appellent les sables mouvants, lui avait-il expliqué, et aussi à cause des tourbillons. Il y a plusieurs années, un homme s'est noyé dans ces eaux. Alors, mon père m'a interdit de m'y baigner, ainsi qu'à tous les domestiques.

— Je suis certaine que vous lui avez obéi, avait dit Kistna en souriant.

— Bien sûr, avait répliqué le marquis : j'étais un enfant modèle.

En se remémorant ces propos, le marquis éprouva une soudaine inquiétude. Puis, jugeant ses craintes absurdes, il essaya de se convaincre que la robe blanche que Mrs Dawes avait aperçue n'était que la tache formée par un bosquet de lilas blancs, ou bien tout simplement des pétales tombés dans l'herbe, dont le dessin donnait l'illusion d'une silhouette.

Pourtant, de plus en plus inquiet, il se mit à courir. Il avait oublié que l'extrémité du lac était aussi loin, et éprouva un vif soulagement, quand, essoufflé, le cœur battant, il aperçut Kistna à la lisière d'un bosquet. Elle se tenait sur la berge, juste au-dessus de l'endroit où l'homme s'était noyé, et semblait se pencher. Scrutant la pénombre, il pensa qu'elle cueillait des fleurs, ce qui paraissait étrange à une heure aussi tardive. Puis, il distingua quelque chose derrière elle ; au bout d'un moment, à la lueur des derniers rayons de soleil, il comprit que c'était un sac en toile, comme en utilisent les femmes de chambre pour mettre le linge sale.

Le marquis se demanda pourquoi Kistna avait pris ce sac. C'est alors qu'il la vit nouer une corde autour de ses chevilles. Elle faisait plusieurs tours. Il se rendit compte que la corde était reliée au sac. Horrifié, il comprit enfin ce qu'elle cherchait à faire. En quelques enjambées, il fut près d'elle et la saisit par les épaules.

Elle poussa un petit cri :

— Non... non ! Allez-vous-en ! Laissez-moi... vous n'avez pas le droit d'intervenir.

Elle se débattait, risquant de tomber à l'eau, car le bord du lac était proche. Il essaya de l'en éloigner en l'attirant à lui, mais elle était rivée au sac rempli de pierres.

— Comment avez-vous pu envisager de faire une chose pareille ?

— C'était plus fort que moi, répondit-elle.

— C'est mal, la réprimanda-t-il d'une voix rauque, la gorge encore nouée par l'angoisse.

— Si seulement vous étiez arrivé quelques secondes plus tard, on ne m'aurait jamais retrouvée !

Le marquis lui passa un bras autour de la taille et demanda :

— Pourquoi vouliez-vous faire une chose aussi insensée ?

Il la tenait toujours contre lui et elle essayait de le repousser, toujours prête à se jeter à l'eau. Puis comprenant qu'elle n'aurait pas le dessus, elle renonça à lutter et laissa tomber sa tête sur l'épaule du marquis.

— Comment avez-vous pensé à faire quelque chose d'aussi terrible ? répéta-t-il.

— Papa aurait condamné mon geste, dit Kistna d'une voix à peine audible. Mais maman m'aurait comprise.

— Qu'aurait-elle compris ? demanda le marquis, comme s'il parlait à un enfant.

— Que je ne peux pas épouser cet homme. Il est mauvais... je l'ai tout de suite senti quand il m'a touché la main.

— Mauvais ? Comment pouvez-vous être aussi affirmative ?

— J'en suis sûre : quelque chose en lui m'effraie terriblement ; de toute manière, je ne veux épouser personne.

— Et pourquoi donc ?

Elle allait répondre quand, soudain, elle sembla

retrouver ses sens. Elle tourna la tête et dissimula son visage contre l'épaule du marquis.

— Je veux que vous répondiez à ma question, insista le marquis.

— Non... c'est impossible.

Le marquis saisit le menton de la jeune fille et lui leva le visage. Il la fixa bien en face. Elle détourna les yeux.

— Regardez-moi, Kistna, lui dit-il et expliquez-moi pourquoi vous ne pouvez épouser personne.

Des larmes coulèrent sur les joues de Kistna. Elle lui parut aussi misérable et pathétique que lors de leur première rencontre. Et pourtant, au contact de son corps contre le sien, il devinait qu'elle avait bien changé. Sa beauté était différente de celle des femmes qu'il avait connues. Et tandis qu'il la sentait trembler dans ses bras, il s'aperçut que jamais auparavant il n'avait ressenti un tel émoi.

A cause de sa jeunesse et de son passé d'orpheline, le marquis n'avait à aucun moment vu en Kistna une femme désirable comme Isobel et toutes celles avec lesquelles il s'était amusé. Il avait été si absorbé par son éducation, et par la mise au point de sa vengeance qu'il n'avait jamais prêté attention à ses charmes.

En la regardant maintenant, il découvrait dans ses yeux expressifs la réponse à sa question et comprenait qu'elle tremblait non pas d'avoir peur, mais d'être contre lui, d'être touchée par lui, et il se sentit transporté par une étrange ivresse.

— Dites-moi, chuchota-t-il d'une voix douce et enjôleuse, pourquoi vous ne pouvez vous marier.

La gravité de sa voix et le contact de leurs corps semblaient troubler Kistna ; comme s'il lui avait ôté toute volonté, elle leva les yeux vers lui, et, prête à éclater en sanglots, elle balbutia :

— Je... je... vous aime... et je ne peux rien y faire. Je... vous aime... Comment pourrais-je supporter... qu'un autre... homme... me touche ?

— Nul autre ne vous touchera.

Les lèvres du marquis se posèrent sur celles de la jeune fille. Tout d'abord, sous l'effet de la surprise, elle se raidit ; puis, comme il se faisait plus insistant, elle s'abandonna à son baiser.

Malgré son innocence, jamais une bouche de femme ne lui avait paru aussi douce, aussi fraîche et excitante.

En étreignant Kistna, le marquis comprit qu'il venait de trouver ce qu'il cherchait depuis toujours. Même quand il ignorait la nature de ses sentiments, il avait eu la vague intuition que sa vie n'allait pas tarder à changer. Il reconnaissait enfin l'amour, le véritable amour, si différent de la passion vite assouvie qu'il avait éprouvée pour ses autres conquêtes.

Pour Kistna, c'était comme si les cieux s'entrouvraient devant elle ; sous les traits de l'archange saint Michel, le marquis la conduisait vers la lumière divine, qui était l'amour. Elle perçut de la musique et se laissa bercer par le chœur des anges. Au comble de l'émerveillement, elle accédait enfin à la beauté qui avait toujours été sa quête, et qui, avec sa soif de perfection, ne pouvait lui venir que de quelqu'un qu'elle aimait. Son amour pour le marquis lui paraissait semblable à celui de son père et de sa mère.

Transportée par son baiser, elle dit d'une voix vibrante :

— Je... vous aime. Je voulais vous embrasser avant de mourir.

— Je ne vous laisserai pas mourir, car vous m'appartenez. Je ne veux pas vous perdre.

Le visage de la jeune fille s'empourpra, et elle balbutia :

— Vous voulez dire que je peux... rester avec vous... et que vous ne m'obligerez pas à épouser cet homme ?

— C'est moi que vous allez épouser, décréta le marquis sur un ton péremptoire.

La surprise de Kistna le persuada que jamais elle n'avait envisagé une telle possibilité.

— Ma chérie, pardonnez-moi d'avoir été assez aveugle et stupide pour ne pas comprendre que je vous aimais et que vous avez toutes les qualités pour rendre un homme heureux.

— Pensez-vous... vraiment ce que vous dites ?

— Je vous aime, déclara chaleureusement le marquis, en guise de réponse.

Il l'embrassa à nouveau, longuement, et ses baisers, de plus en plus exigeants, semblaient s'emparer de l'âme de Kistna pour la faire sienne.

Beaucoup plus tard, quand les étoiles apparurent dans le ciel au-dessus d'eux, le marquis dit d'une voix étrange, très différente de celle qu'il avait d'habitude :

— Je crois, mon trésor, qu'il est temps de partir. Si vous tombiez dans le lac, nous risquerions de nous noyer tous les deux.

Kistna poussa un petit cri de frayeur.

— Faites attention... très attention.

— C'est à vous de faire attention. Accrochez-vous à moi, pendant que je dénoue la corde de vos chevilles.

Il détacha la jeune fille, puis il jeta le sac en toile très loin dans le lac. Il frissonna en le voyant s'enfoncer, conscient d'être intervenu juste à temps pour sauver Kistna.

Personne n'aurait su ce qui s'était passé et on n'aurait sans doute jamais retrouvé son corps. Effrayé à cette évocation, il la prit dans ses bras et la porta sous les arbres, loin du bord de l'étang.

— Je devrais être très en colère contre vous, lui dit-il.

— Pardonnez-moi, le supplia-t-elle, mais je vous aimais tellement que la mort me semblait préférable à la perspective de vous quitter.

— Jamais vous ne me quitterez ! dit le marquis. J'aurais dû comprendre depuis longtemps, que je ne peux vivre sans vous. Maintenant, je le sais.

— Je pensais, murmura-t-elle, que si vous... m'aimiez un mois... ou une semaine... ou même une seule journée, je serais comblée.

— Je vous offre bien plus : je vous fais don de ma personne et de mon existence.

Kistna poussa un petit cri.

— Je ne désire rien de plus au monde que d'être à vos côtés et de vous aimer. Ce sera le paradis pour moi.

Le marquis la posa à terre, au pied d'un amandier.

— S'il est possible de trouver le paradis sur terre, dit-il, je vous l'offre bien volontiers, à condition que nous le partagions.

— Près de vous, mon seul désir sera de vous rendre heureux.

Ils reprirent ensuite le chemin de l'Abbaye en s'arrêtant fréquemment pour s'embrasser. En arrivant dans le halo de la maison éclairée, le marquis fut frappé par la beauté de Kistna. L'amour l'avait métamorphosée : elle rayonnait d'une joie au moins égale à la sienne.

Ils entrèrent dans la bibliothèque en se tenant par la main. Peregrine s'y trouvait, endormi dans un fauteuil, le *Times* sur ses genoux. En sentant leur présence, il ouvrit les yeux.

— D'où venez-vous ? s'enquit-il.

Puis, devant leur expression radieuse, il sauta sur ses pieds.

— Que s'est-il passé ? demanda-t-il, sachant que sa question était inutile.

Ce fut Kistna qui lui répondit — une Kistna qu'il avait du mal à reconnaître.

— Nous allons nous marier ! s'exclama-t-elle, transportée d'allégresse.

Peregrine poussa un cri de joie et jeta le *Times* en l'air.

— Hourra ! s'écria-t-il. Je n'en espérais pas moins. Félicitations, Linden. Je pensais que tôt ou tard tu entendrais raison.

— Entendre raison ? C'est ainsi que tu vois les choses ? demanda le marquis d'un ton badin.

Puis il sourit à Kistna de telle façon que Peregrine comprit que tout ce qu'il avait souhaité pour son ami s'était enfin réalisé.

Après bon nombre de faux départs, et bien des obstacles, le marquis avait fini par gagner à cette course de l'amour. Il échangeait avec Kistna des regards si intimes que Peregrine se sentait indésirable ; en ayant l'impression d'interrompre un instant de toute beauté, il dit tout de même :

— Il faut fêter cela. Puis-je commander une bouteille de champagne ?

— Il me semble plus important que Kistna se nourrisse, répondit le marquis.

— Je suis trop heureuse pour avaler quoi que ce soit, dit Kistna.

— Je veux, cependant, que vous mangiez quelque chose, au moins pour me faire plaisir.

— Vous savez bien que je ferais n'importe quoi pour vous plaire.

Ils se tenaient l'un à côté de l'autre et se regardaient à nouveau dans les yeux, n'ayant plus besoin de paroles pour communiquer.

— Monsieur le marquis a sonné ? demanda le maître d'hôtel, ouvrant la porte de la bibliothèque.

— Demandez au cuisiner de préparer un léger souper pour miss Kistna, et apportez-nous une bouteille de champagne.

— A vos ordres, monsieur le marquis.

Le maître d'hôtel s'apprêtait à refermer la porte quand un valet parut. Il portait une lettre sur un plateau d'argent. Il la remit au maître d'hôtel qui s'empressa de la remettre au marquis.

— Elle est arrivée il y a quelques minutes, expliqua le laquais. Elle porte la mention urgent et vient de l'étranger ; aussi, le postier a-t-il jugé bon de vous la faire porter par son fils après la fermeture de l'agence postale.

Le marquis prit la lettre.

— Donnez une récompense à ce garçon, dit le marquis au maître d'hôtel.

— Monsieur le marquis peut compter sur moi.

Le marquis examina l'enveloppe et conclut :

— Cette lettre vient d'Italie : il s'agit sûrement de ma pupille Mirabelle.

Souriant à Kistna, il ajouta :

— Vous n'aurez plus besoin, ma chérie, de jouer son rôle ou celui de n'importe qui d'autre. La seule chose que je vous demande, désormais, est d'être vous-même et de devenir ma femme.

— Quand... allons-nous... nous marier ?

— Je n'ai pas l'intention d'attendre plus longtemps que nécessaire, et je souhaite que notre mariage ait lieu dans la plus stricte intimité.

Kistna poussa un petit cri.

— Oh oui, rien que nous deux ! s'exclama-t-elle.

— Et Peregrine sera notre garçon d'honneur et notre témoin.

— Merci, dit Peregrine, narquois. Peut-être espères-tu aussi que je joue de l'orgue ?

— Je n'hésiterais pas à te le demander si je t'en savais capable, se moqua le marquis.

Intervenant dans la conversation, Kistna, brusquement inquiète, demanda :

— Êtes-vous sérieux quand vous parlez de m'épouser ?

— On ne peut plus sérieux, répondit le marquis, persuasif, tout en attirant la jeune fille à lui.

Elle frotta sa joue contre son épaule, et, au bout d'un instant, sentant l'émotion l'envahir, dit :

— Ouvrez donc cette lettre. Après tout, elle est urgente.

Elle semblait craindre une mauvaise nouvelle. Gagné par son appréhension, le marquis ouvrit l'enveloppe avec un coupe-papier en or et parcourut la lettre sous le regard inquiet de la jeune fille. Quand il en eut fini la lecture, il déclara, un sourire aux lèvres :

— Eh bien, voilà une excellente nouvelle.

— De quoi s'agit-il ?

— La tante de Mirabelle m'annonce que sa nièce est tombée amoureuse du jeune prince Borghese, et réciproquement. Il est connu pour sa richesse et ne court certainement pas après la fortune de ma pupille ; on me demande mon accord pour le mariage qui devrait avoir lieu avant la fin de l'été.

Le marquis tendit la main à Kistna.

— Que diriez-vous, ma chérie, d'aller à Rome lors de notre lune de miel et d'assister au mariage de ma pupille ?

— Notre lune de miel ! murmura Kistna, comme si c'était là le plus important de tout ce que venait de dire le marquis.

— Nous serons plus tranquilles à l'étranger, décréta-t-il avec un sourire. Si nous restons en Angleterre, tout le monde voudra vous connaître.

Kistna poussa un petit cri.

— Oui, allons à l'étranger... je souhaite tellement être seule avec vous.

Le marquis posa la lettre sur le bureau et enlaça la jeune fille, ému par sa spontanéité.

— Nous nous marierons après-demain, lui dit-il. J'enverrai Anderson chercher un certificat de mariage à Londres, et avant que quiconque ne soit au courant de notre union, nous serons en route pour Paris.

— Non, pour... le paradis, dit doucement Kistna. Notre paradis à tous les deux.

La pièce où ils dînèrent était petite, mais ravissante. Comme Kistna l'avait fait remarquer, le manoir que possédait le marquis, un peu en retrait de la route de Douvres, ressemblait à une maison de poupée.

— Pourquoi garder cette bâtisse alors que vous avez l'Abbaye ? lui avait-elle demandé, quand il avait dit qu'ils y passeraient la première nuit de leur lune de miel.

— Afin d'y faire reposer mes chevaux. Je préfère qu'ils soient dans mes propres écuries plutôt que dans celles d'une auberge.

— Vous êtes merveilleux.

— Non, j'ai seulement le sens pratique. Peut-être avais-je l'intuition que nous y viendrions pour notre nuit de noces.

Ils s'étaient mariés dans la chapelle de l'Abbaye et Kistna avait senti émaner de ses vieux murs la foi de plusieurs générations. Derrière la musique de l'orgue, elle avait cru discerner les voix graves des premiers officiants qui avaient prié à cet endroit.

C'est au bras de Peregrine qu'elle était entrée dans la petite chapelle où l'attendait le marquis.

— Mrs Dawes prétend que voir sa femme avant l'office, le jour du mariage, porte malheur au mari, lui avait dit Kistna. Étant donné que j'aspire à notre bonheur, je ne sortirai de ma chambre que pour vous retrouver à la chapelle.

— Vous me portez déjà chance, répondit le marquis. Je n'ai jamais été aussi heureux.

— Je ferai tout pour qu'il en soit toujours ainsi. Mais supposez que je vous ennuie ? J'ai entendu dire que vous vous êtes lassé de bon nombre de jolies femmes.

— Ce que j'éprouve pour vous est très différent, avait protesté le marquis, persuadant la jeune femme qu'il disait la vérité.

Regardant la jeune mariée entre les fleurs blanches qui ornaient la table, il se demanda pour la millième fois comment, dès leur première rencontre, il n'avait pas reconnu en Kistna la femme idéale. A la lumière des bougies, dans sa robe blanche, les cheveux piqués de fleurs d'oranger, elle était ravissante et paraissait l'incarnation de la jeunesse, de la beauté et du bonheur.

— Je vous aime ! déclara-t-il.

Ne trouvant pas d'autres mots pour exprimer ses sentiments, Kistna répondit :

— Je vous aime, mais je vous vénère aussi, car vous me rappelez l'archange saint Michel me conduisant des ténèbres de l'enfer à la lumière du paradis.

— Mon trésor ! dit le marquis de sa belle voix grave.

Puis, ne supportant plus d'être séparé d'elle par la table, il lui tendit la main pour l'aider à se lever.

Ils sortirent de la salle à manger, où ils étaient restés longtemps assis et empruntèrent l'escalier en chêne montant en colimaçon jusqu'à la vieille chambre où se trouvait un lit à baldaquin. A son chevet brûlaient trois bougies, seul éclairage de la pièce. Quand le marquis referma la porte, Kistna constata que ni sa femme de chambre ni le valet du marquis n'étaient là pour les aider à se déshabiller. Le désir s'empara d'elle, lui donnant un air si exquis qu'elle ressemblait à une déesse. Le marquis l'enlaça et chercha ses lèvres, découvrant la femme en elle.

Après l'avoir embrassée passionnément, il déclara :

— Je vous adore ! Mais je vais essayer de ne pas oublier combien vous êtes jeune ; je ne voudrais pas vous effrayer, mon cher trésor.

— Je n'ai peur de vous que lorsque... vous êtes en colère contre moi, répondit Kistna. Je sais que vous m'aimez, et tous vos gestes ont une perfection divine.

— Ma chérie, ma merveilleuse petite femme, je vous adore !

Le marquis embrassa Kistna, et, les paroles devenant inutiles, la lumière de l'amour les enveloppa et les éblouit de sa gloire.

Longtemps après, regardant les bougies aux trois quarts consumées, Kistna dit :

— Je viens de me rappeler quelque chose.

— Quoi donc, mon trésor ? demanda le marquis.

Il caressa les cheveux de la jeune femme, dont la tête éblouissante de beauté reposait contre son épaule.

— Comment pouvez-vous être aussi belle ?

— Vous trouvez toujours que je suis belle ?

Il sourit :

— A chaque instant passé avec vous, à chacune de mes caresses, vous êtes encore plus belle, encore plus adorable, et cela me fait peur.

— Peur ?

— J'ai peur que vous ne vous lassiez de moi.

Elle eut un rire clair et joyeux.

— C'est le plus beau compliment qu'on puisse me faire, dit-elle, et quand je songe à l'état dans lequel vous m'avez trouvée, vos paroles sont comme un cadeau des étoiles, de la lune et du soleil : rien ne peut me combler davantage.

— Il y a tellement de choses que je désire vous donner, répondit le marquis, mais je reconnais qu'elles ne peuvent être comparées aux astres que vous avez évoqués !

Il attira Kistna à lui, et pressant ses lèvres contre sa peau si douce, s'écria :

— Je vous aime, j'aime ce que vous dites, j'aime votre intelligence, j'aime la douceur de votre voix et de vos yeux. Et comme Peregrine me l'a fait un jour remarquer, vous avez un petit nez vraiment adorable.

— Peregrine a dit cela ? demanda Kistna, étonnée.

— Il m'a dit beaucoup, beaucoup d'autres choses, tout aussi flatteuses à votre sujet. Mais ça n'est pas une raison pour flirter avec lui. J'en serais jaloux.

— Vous n'avez aucune raison d'être jaloux, déclara-t-elle avec passion. Je vous aime... et maintenant que vous m'avez apporté la beauté et la perfection de l'amour, aucun autre homme ne compte pour moi.

Le marquis se pencha pour l'embrasser, mais elle ajouta :

— Je viens de me souvenir de quelque chose que je dois faire le jour de mon mariage.

— De quoi s'agit-il ?

— J'ai promis à maman d'ouvrir une lettre qu'elle m'a donnée.

— Une lettre ?

Kistna murmura :

— Je crois qu'elle avait le pressentiment qu'ils mourraient du choléra, elle et papa.

Le marquis la pressa plus fort contre lui. Elle poursuivit :

— Au début, il y avait très peu de cas, mais les autorités s'inquiétaient et papa a naturellement insisté pour faire tout ce qu'il pouvait.

Elle marqua un temps d'arrêt, fouillant dans ses souvenirs, puis continua :

— Un jour, maman, qui avait passé un long moment à écrire à son bureau, m'a dit : « Va chercher la bible que ton père t'a donnée. » Je suis allée la chercher et elle en a ouvert légèrement la reliure.

— Pourquoi ?

— Pour y glisser la lettre qu'elle venait de rédiger. Puis elle m'a fait promettre de ne l'ouvrir que le jour de mon mariage.

— Vous avez dû être dévorée de curiosité, observa le marquis.

— Au début oui, puis maman n'y a plus fait allusion et la chose a perdu de son importance.

— Cependant, cette bible ne vous a jamais quittée.

— Je vous ai dit que c'était le seul objet que je possédais.

— Eh bien, dépêchez-vous de l'ouvrir avant que je ne vous en empêche.

Il l'embrassa sur l'épaule avant qu'elle ne saisisse la bible, posée sur la table de chevet. Puis elle s'appuya contre l'oreiller, pendant que le marquis, allongé à ses côtés, l'observait. Était-il possible de trouver chez une autre femme une telle alliance de charme et de beauté, de modestie et de sensibilité ? Maintenant, il en doutait.

Quand il lui avait fait l'amour, elle avait répondu avec une ardeur et une sensualité rares chez une jeune fille ; si bien qu'il pensa avoir trouvé en elle son complément féminin. Ils avaient connu tous deux une extase autant physique que spirituelle, et le marquis estimait cette expérience en tous points parfaite. Jamais dans le passé son plaisir n'avait été teinté d'un tel ravissement; il sentait s'éveiller en lui les idéaux qui allaient enrichir sa vie.

Kistna retira de la reliure la lettre soigneusement pliée et ses yeux s'embuèrent de larmes à la pensée de sa mère. Le marquis, sentant qu'elle s'éloignait de lui, posa instinctivement la main sur son bras. Sensible à ce geste, Kistna tourna la tête vers lui et lui sourit:

— Voulez-vous que je vous lise la lettre de maman? demanda-t-elle. Je tiens à partager son contenu avec vous, comme tout le reste.

— Bien sûr, mon trésor.

Kistna approcha la lettre des bougies et lut de sa voix douce et mélodieuse:

« Ma très chère fille,

» Si jamais il m'arrivait quelque chose, il est un secret dont je dois te faire part, et qu'il m'est impossible de te révéler en ce moment, surtout devant papa.

» Tu sais combien nous avons été heureux ensemble, ton père et moi, et quelle chance exceptionnelle j'ai eu d'aimer et d'être aimée d'un homme merveilleux, certainement envoyé par Dieu. Mais, pour épouser ton père, j'ai dû faire quelque chose que beaucoup jugeraient inadmissible, bien que je pense avoir agi avec courage.

» Je ne t'ai jamais parlé de ma famille, car cela aurait pu faire du tort à papa. Mon père, qui était un homme puissant et vindicatif, aurait très certainement travaillé à la perte de papa, s'il avait pu nous retrouver. »

Surprise par ces mots, Kistna jeta un bref regard au marquis, cherchant dans ses yeux le réconfort.

— Continuez, mon cher trésor, lui dit-il doucement.

« Mon père était, en fait, le comte de Branscombe! continua à lire Kistna. J'étais sa fille cadette et il me chérissait tout particulièrement. Par conséquent, il fut ravi quand le prince Frederick de Melderstein demanda ma main. Inutile de te dire qu'on ne m'a jamais demandé si je voulais l'épouser. Par tous les moyens, on a cherché à me convaincre que j'avais une chance d'entrer dans une famille royale. J'aurais peut-être jugé cette perspective réjouissante si je n'avais déjà été amoureuse d'un homme qui comblait toutes mes espérances. »

Kistna s'exclama :

— C'est exactement ce que j'éprouve pour vous, dit-elle au marquis.

— Je vous dirai quels sont mes sentiments à votre égard, quand vous aurez fini de lire cette lettre, répondit le marquis.

« J'ai rencontré ton père un jour où j'arrangeais les fleurs dans l'église. C'était une tâche dont je m'acquittais tous les dimanches, depuis plusieurs années. Il s'est présenté à moi comme le nouveau pasteur et nous avons bavardé. Par la suite, nous nous vîmes toutes les semaines, mais, bien sûr, mes parents n'en savaient rien. Il était si beau, si adorable que j'en suis tout de suite tombée éperdument amoureuse, et, bien qu'il tût ses sentiments, je savais qu'il m'aimait également.

» Quand j'appris que mon père m'avait promise au prince Frederick, nous nous avouâmes notre amour. Nous étions désespérés face à cette situation sans issue. Ton père ne supportait pas l'idée de me voir mariée au prince. Alors, avec l'aide d'un de ses parents travaillant à la Compagnie des Indes orientales, il décida de partir comme missionnaire dans ce pays.

» Le bruit courait que l'interdiction décrétée à l'encontre des missionnaires allait être abrogée, alors ton père, pressé d'émigrer, se fit payer une partie de son billet par son parent, ce qui lui permit de partir avant tous les autres missionnaires. Or, par un surprenant concours de circonstances, le navire sur lequel il devait embarquer devait quitter Tilbury le matin même de mon mariage.

» Désespérée à la pensée de perdre ton père en épousant le prince, je n'arrivais nullement à m'intéresser aux préparatifs de mon mariage. Puis, au moment de nous dire adieu, j'ai compris que je ne pourrais jamais vivre sans lui et je lui ai déclaré que je préférerais mourir plutôt que de le quitter. »

Kistna et le marquis échangèrent un regard, frappés par la similitude des réactions de la mère et de la fille.

« Nous nous trouvions dans l'église, décorée de fleurs blanches, en prévision de mon mariage, qui devait avoir lieu le lendemain, poursuivit Kistna. Ton père, vêtu de ses habits de voyage, devait prendre, à cinq heures de l'après-midi, la diligence qui s'arrêtait près du village. En le voyant, j'ai su que jamais je ne pourrais le laisser partir. Je l'ai supplié de m'emmener ; je voulais le suivre. Je lui ai promis de me tuer s'il s'en allait sans moi. Je ne pouvais supporter l'idée d'épouser un autre que lui.

» Il n'en croyait pas ses oreilles. Puis, comprenant que je parlais du fond du cœur, il me prit dans ses bras, et toutes mes inquiétudes s'évanouirent. Ce soir-là, je ne rentrai pas chez moi et nous prîmes la diligence ensemble.

» Nous fûmes mariés, le lendemain matin, par un vieux pasteur qui, heureusement, n'y voyait plus assez pour s'apercevoir que j'étais plus jeune que je ne le prétendais. Nous nous sommes ensuite embarqués pour les Indes, et personne sur le navire ne fit attention aux deux pauvres missionnaires que nous étions devenus.

» J'appris par la suite que ma disparition, la veille de mon mariage, avait fait beaucoup de bruit. On croyait que j'avais été assassinée. Cette version des choses m'arrangeait bien ; si l'on avait su que j'étais partie avec ton père, on l'aurait sans doute accusé de détournement de mineure. Mon propre père aurait probablement tenté de faire annuler notre mariage.

» Quand tu liras ces lignes, ma chère petite Kistna, je t'aurai quittée. Mais souviens-toi bien que ta mère aura été la plus heureuse des femmes d'avoir épousé l'homme qu'elle aimait et d'avoir reçu de lui la couronne de l'amour, ô combien plus précieuse que la plus riche des parures.

» Je te bénis, ma fille chérie, et te souhaite, la nuit de tes noces, le même bonheur que moi. »

La voix de Kistna se brisa sur les derniers mots. Elle posa la lettre et le marquis la serra très fort dans ses bras.

— Ton père et ta mère s'aimaient comme nous nous aimons, dit-il, et nous serons aussi heureux qu'ils l'ont été.

Il ne pouvait s'empêcher de penser à la rage du comte quand il apprendrait que l'argent qu'il comptait un jour récupérer revenait de droit à Kistna. Pour régler ses problèmes financiers, le comte devrait alors se chercher une autre riche héritière : ce n'était que justice. Sa vengeance était complète, mais il ne songeait nullement à s'en réjouir.

Tout ce qui primait, désormais, était d'avoir rencontré Kistna et l'amour. Elle avait changé sa vie. Il n'était plus le même. Jamais plus il ne se montrerait dur et cruel. Jamais plus il ne donnerait à Peregrine l'occasion de le traiter de monstre. Il était si heureux qu'il souhaitait partager son bonheur avec les autres, à l'exception du comte, cependant. Mais il n'éprouvait plus aucune rancune à son égard ; la conduite de ce dernier ne pourrait plus l'affecter comme par le passé. Tout ce qui comptait pour lui à l'avenir était le bonheur de Kistna.

Apercevant des larmes dans ses yeux, dues à la lecture de la lettre, le marquis les baisa tendrement, ainsi que son charmant petit nez et ses lèvres, et cette tendresse chassa toute la tristesse de sa bien-aimée. Puis, ses lèvres se posèrent sur son cou, réveillant en elle le feu qui l'avait embrasée quand ils avaient fait l'amour.

— Je vous aime, dit-elle en frissonnant, et vous me faites perdre la raison.

— Je vous désire tellement, ma chérie, répondit-il. Ô mon Dieu, comme je vous désire !

— Je suis à vous ! Oh, aimez-moi... aimez-moi !

Leurs cœurs battaient à l'unisson. Le marquis emprisonna les lèvres de Kistna entre les siennes, et, ses mains parcourant son corps, il la conduisit au royaume des cieux, incarnant, plus que jamais, l'archange saint Michel.

Il lui sembla qu'ils atteignaient les étoiles. Le soleil brûlait pour eux, les enveloppant de sa glorieuse lumière. Leur amour était tel que, bientôt, ils ne formèrent plus qu'un seul être.

Romans sentimentaux

Depuis les ouvrages de Delly, publiés au début du siècle, la littérature sentimentale a conquis un large public. Elle a pour auteur vedette chez J'ai lu la célèbre romancière anglaise Barbara Cartland, la Dame en rose, qui a écrit près de 300 romans du genre. À ses côtés, J'ai lu présente des auteurs spécialisés dans le roman historique, Anne et Serge Golon avec la série des Angélique, *Juliette Benzoni, des écrivains américains qui savent faire revivre toute la violence de leur pays (Kathleen Woodiwiss, Rosemary Rogers, Janet Dailey), ou des auteurs de récits contemporains qui mettent à nu le cœur et ses passions, tels que Theresa Charles ou Marie-Anne Desmarest.*

BENZONI Juliette

Marianne 601**** & 602****
Un aussi long chemin 1872****
Le Gerfaut :
- Le Gerfaut 2206******
- Un collier pour le diable 2207******
- Le trésor 2208*****
- Haute-Savane 2209*****

CARTLAND Barbara

Les amours mexicaines 1052***
Le message de l'orchidée 1072**
La flamme d'amour 1110**
L'enchantement du désert 1188**
La première étreinte 1189**
Que notre bonheur dure 1204**
La belle et le léopard 1215**
Le mystère de la bruyère bleue 1285***
La revanche de lord Ravenscar 1321**
Il ne nous reste que l'amour 1347**
Piège pour un marquis 1699**
La princesse en péril 1762**
Défi à l'amour 1763****
Un souhait d'amour 1792**
L'amour et Lucia 1806**
Rencontre dans la nuit 1807**
La magie de la bohémienne 1819**
L'invitation au bonheur 1842**
Les violons de l'amour 1883**
L'amour était au rendez-vous 1884**
Thérésa et le tigre 1912**

CARTLAND (suite)
La revanche du cœur 2005 ★★
Les mirages de l'amour 2040 ★★
Idylle à Calcutta 2049 ★★
Prise au piège 2082 ★★
Miracle pour une madone 2100 ★★
Un mari chevaleresque 2114 ★★
Une épouse particulière 2115 ★★
Au cœur du péril 2131 ★★
Fiancée à un brigand 2144 ★★
Un amour conquérant 2145 ★★
La danse de l'amour 2160 ★★
Un amour sans fortune 2174 ★★
L'amour comme un espoir 2189 ★★
Un éternel enchantement 2230 ★★
Le choix du prince 2242 ★★
Loin de l'amour 2243 ★★
Le lord et la demoiselle 2256 ★★
Le secret de l'Écossais 2257 ★★
La victoire de l'amour 2271 ★★
Un cœur trop pur 2272 ★★
Qui peut nier l'amour ? 2285 ★★
La gondole d'or 2286 ★★
Toujours plus haut l'amour 2301 ★★
Les problèmes de l'amour 2302 ★★
Le chemin de l'amour 2318 ★★
Sur les ailes de l'amour 2319 ★★
Le secret d'Anouchka 2335 ★★
Lumières d'été 2336 ★★
Le signe de l'amour 2349 ★★
Un bonheur sans prix 2350 ★★

CHARLES *Theresa*
Le chirurgien de Saint-Chad 873 ★★★
Inez, infirmière de Saint-Chad 874 ★★★
Lune de miel à Saint-Chad 1112 ★★
Rosamond 1795 ★★★★
Thea 1873 ★★★★

COOKSON *Catherine*
L'orpheline 1886 ★★★★★
La fille sans nom 1992 ★★★★
L'homme qui pleurait 2048 ★★★★
Le mariage de Tilly 2219 ★★★★
Le destin de Tilly Trotter 2273 ★★★
Le long corridor 2334 ★★★

COSCARELLI Kate	*Destins de femmes* 2039 ****
DAILEY Janet	*Le solitaire* 1580 ****
	La Texane 1777 ****
	Les ailes d'argent 2258 *****
	La saga des Calder :
	- La dynastie Calder 1659 ****
	- Le ranch Calder 2029 ****
	- Prisonniers du bonheur 2101 ****
	- Le dernier des Calder 2161 ****
DESMAREST Marie-Anne	*Torrents* 970 ***
GOLON Anne et Serge	*Angélique marquise des Anges* 667 *** & 668 ***
	Indomptable Angélique 673 *** & 674 ***
	Angélique à Québec 1410 **** & 1411 **** & 1412 ****
	Angélique - La route de l'espoir 1914 **** & 1915 ****
HOLT Victoria	*La lande sans étoiles* 2007 ****
LAKER Rosalind	*La femme de Brighton* 2190 ****
	Le sentier d'émeraudes 2351 *****
LINDSEY Johanna	*Le vent sauvage* 2241 ***
MATTHEWS Patricia	*Danser ses rêves* 1901 ****
	L'éveil de l'aube 2081 ****
	L'écume des passions 2116 ****
MONSIGNY Jacqueline	*Michigan Mélodie (Un mariage à la carte)* 1289 **
	L'amour dingue 1833 ***
	Le palais du désert 1885 **
NICOLSON Catherine	*Tous les désirs d'une femme* 2303 ****
ROGERS Rosemary	*Amour tendre, amour sauvage* 952 ****
	Jeux d'amour 1371 ****
	Au vent des passions 1668 ****
STANFILL Francesca	*Une passion fatale* 2320 ****
STEEL Danielle	*Un monde de rêve* 1733 ***
	Celle qui s'ignorait 1749 *****
	L'anneau de Cassandra 1808 ****
	Palomino 2070 ***
	Souvenirs d'amour 2175 *****
	Maintenant et pour toujours 2240 ******
WOODIWISS Kathleen E.	*Quand l'ouragan s'apaise* 772 ****
	Une rose en hiver 1816 *****
	Shanna 1983 *****

Cinéma et TV

De nombreux romans publiés par J'ai lu ont été portés à l'écran ou à la TV. Leurs auteurs ne sont pas toujours très connus ; voici donc, dans l'ordre alphabétique, les titres de ces ouvrages :

A la poursuite du diamant vert 1667★★★	**Joan Wilder**
Alien 1115★★★	**Alan Dean Foster**
Angélique marquise des anges	
L'ami Maupassant 2047★★	**Guy de Maupassant**
L'Australienne 1969★★★★ & 1970★★★★	**Nancy Cato**
Bigfoot et les Henderson 2292★★★	**Joyce Thompson**
Blade runner 1768★★★	**Philip K. Dick**
Bleu comme l'enfer 1971★★★★	**Philippe Djian**
La brute 47★★★	**Guy des Cars**
Cabaret (Adieu à Berlin) 1213★★★	**Christopher Isherwood**
Carrie 835★★★	**Stephen King**
Châteauvallon 1856★★★★ 1936★★★★ & 2140★★★★	**Eliane Roche**
Christine 1866★★★★	**Stephen King**
La couleur pourpre 2123★★★	**Alice Walker**
Coulisses 2108★★★★★	**Alix Mahieux**
Cujo 1590★★★★	**Stephen King**
Des fleurs pour Algernon 427★★★	**Daniel Keyes**
2001 l'odyssée de l'espace 349★★	**Arthur C. Clarke**
2010 : odyssée deux 1721★★★	**Arthur C. Clarke**
Le diamant du Nil 1803★★★	**Joan Wilder**
Dynasty 1697★★ & 1894★★★	**Eileen Lottman**
E.T. l'extra-terrestre 1378★★★	**Spielberg/Kotzwinkle**
E.T. La planète verte 1980★★★	**Spielberg/Kotzwinkle**
L'exorciste 630★★★★	**William P. Blatty**
Les exploits d'un jeune don Juan 875★	**Guillaume Apollinaire**
Le faiseur de morts 2063★★★	**Guy des Cars**
Fanny Hill 711★★★	**John Cleland**
Fletch 1705★★★	**Gregory Mcdonald**
La folle histoire de l'espace 2294★★★	**Mel Brooks/J.B. Stine**
Le Gerfaut 2206★★★★★★ & 2207★★★★★★	**Juliette Benzoni**
Jonathan Livingston de goéland 1562★ illustré	**Richard Bach**
Joy 1467★★ & **Joy et Joan** 1703★★	**Joy Laurey**
Le joyau de la couronne 2293★★★★★ & 2330★★★★★	**Paul Scott**

Cinéma et TV

Kramer contre Kramer	1044 ★★★	Avery Corman
Le lendemain du crime	2199 ★★	Eileen Lottman
L'arme fatale	2231 ★★★★	Joel Norst
Le livre de la jungle	2297 ★★	Rudyard Kipling
Love story	412 ★	Erich Segal
Mad Max au delà du dôme du tonnerre	1864 ★★★	Joan D. Vinge
Michigan Mélodie	1289 ★★	Jacqueline Monsigny
9 semaines 1/2	2259 ★★	Elizabeth McNeill
Mission	2092 ★★★	Robert Bolt
Les oiseaux se cachent pour mourir	1021 ★★★★ & 1022 ★★★★	Colleen McCullough
Orphée	2172 ★★	Jean Cocteau
Le paltoquet (On a tué pendant l'escale)	1647 ★★★	F.-R. Falk
Pavillons lointains	1307 ★★★★ & 1308 ★★★★	M.M. Kaye
La petite boutique des horreurs	2202 ★★★ illustré	R. & L. Egan
Peur bleue	1999 ★★★	Stephen King
Platoon	2201 ★★★	Dale A. Dyle
Police	2021 ★★★	Catherine Breillat
Poltergeist I	1394 ★★★	James Khan
Poltergeist II	2091 ★★	James Khan
Pu-Yi / J'étais empereur de Chine	2327 ★★★★★★	Pu-Yi
Qui c'est, ce garçon ?	2043 ★★★	Nicole de Buron
Racines	968 ★★★★ & 969 ★★★★	Alex Haley
Rencontres du troisième type	947 ★★	Steven Spielberg
Robocop	2310 ★★★	Ed Naha
Rosemary's baby	342 ★★★	Ira Levin
Sauve-toi, Lola !	1678 ★★★★	Ania Francos
Le secret de la pyramide	1945 ★★★	Alan Arnold
Le secret de mon succès	2216 ★★★	Martin Owens
Shining	1197 ★★★★	Stephen King
Le souffle de la guerre	575 ★★★★★, 576 ★★★★★ & 577 ★★★★★	Herman Wouk
Star Trek	1071 ★★	Gene Roddenberry
Terminus	2122 ★★	Patrice Duvic
Thérèse Humbert	1838 ★★	Laurence Oriol
Tous les fleuves vont à la mer	1479 ★★★★ & 1480 ★★★★	Belva Plain
37°2 le matin	1951 ★★★★	Philippe Djian
La tricheuse	125 ★★★	Guy des Cars
Tropique du crabe	2198 ★★★	André Rossfelder
Un mari c'est un mari	823 ★★	Frédérique Hébrard
Vas-y maman	1031 ★★	Nicole de Buron

Littérature

extrait du catalogue

Cette collection est d'abord marquée par sa diversité : classiques, grands romans contemporains ou même des livres d'auteurs réputés plus difficiles, comme Borges, Soupault, Goes. En fait, c'est tout le roman qui est proposé ici, Henri Troyat, Bernard Clavel, Guy des Cars, Alain Robbe-Grillet, mais aussi des écrivains tels que Moravia, Colleen McCullough ou Konsalik.

Les classiques tels que Stendhal, Maupassant, Flaubert, Zola, Balzac, etc. sont publiés en texte intégral au prix le plus bas de toute l'édition. Chaque volume est complété par un cahier photos illustrant la biographie de l'auteur.

ADAMS Richard	**Les garennes de Watership Down** 2078******
ADLER Philippe	**C'est peut-être ça l'amour** 2284***
AMADOU Jean	**Heureux les convaincus** 2110***
ANDREWS Virginia C.	Fleurs captives :
	- Fleurs captives 1165****
	- Pétales au vent 1237****
	- Bouquet d'épines 1350****
	- Les racines du passé 1818****
	Ma douce Audrina 1578****
APOLLINAIRE Guillaume	**Les onze mille verges** 704*
	Les exploits d'un jeune don Juan 875*
AUEL Jean-M.	**Les chasseurs de mammouths** 2213***** & 2214*****
AVRIL Nicole	**Monsieur de Lyon** 1049***
	La disgrâce 1344***
	Jeanne 1879***
	L'été de la Saint-Valentin 2038**
	La première alliance 2168***
BACH Richard	**Jonathan Livingston le goéland** 1562* illustré
	Illusions 2111**
	Un pont sur l'infini 2270****
BALTASSAT Jean-Daniel	**La falaise** 2345**
BALZAC Honoré de	**Le père Goriot** 1988**
BARBER Noël	**Tanamera** 1804**** & 1805****
BATS Joël	**Gardien de ma vie** 2238*** illustré
BAUDELAIRE Charles	**Les Fleurs du mal** 1939**
BEAULIEU PRESLEY Priscillia	**Elvis et moi** 2157**** illustré

BENZONI Juliette	***Marianne*** *601* **** & *602* ****
	Un aussi long chemin *1872* ****
	Le Gerfaut :
	- Le Gerfaut *2206* ******
	- Un collier pour le diable *2207* ******
	- Le trésor *2208* *****
	- Haute-Savane *2209* *****
BLOND Georges	***Moi, Laffite, dernier roi des flibustiers*** *2096* ****
BOLT Robert	***Mission*** *2092* ***
BOMSEL M.-C. & QUERCY A.	***Pas si bêtes*** *2331* *** *illustré*
BORGES & BIOY CASARES	***Nouveaux contes de Bustos Domecq*** *1908* ***
BOVE Emmanuel	***Mes amis*** *1973* ***
BOYD William	***La croix et la bannière*** *2139* ****
BRADFORD Sarah	***Grace*** *2002* ****
BREILLAT Catherine	***Police*** *2021* ***
BRISKIN Jacqueline	***La croisée des destins*** *2146* ******
BROCHIER Jean-Jacques	***Odette Genonceau*** *1111* *
	Villa Marguerite *1556* **
	Un cauchemar *2046* **
BURON Nicole de	***Vas-y maman*** *1031* **
	Dix-jours-de-rêve *1481* ***
	Qui c'est, ce garçon ? *2043* ***
CALDWELL Erskine	***Le bâtard*** *1757* **
CARS Guy des	***La brute*** *47* ***
	Le château de la juive *97* ****
	La tricheuse *125* ***
	L'impure *173* ****
	La corruptrice *229* ***
	La demoiselle d'Opéra *246* ***
	Les filles de joie *265* ***
	La dame du cirque *295* **
	Cette étrange tendresse *303* ***
	La cathédrale de haine *322* ***
	L'officier sans nom *331* **
	Les sept femmes *347* ****
	La maudite *361* ***
	L'habitude d'amour *376* **
	La révoltée *492* ****
	Amour de ma vie *516* ***
	Le faussaire *548* ****
	La vipère *615* ****
	L'entremetteuse *639* ****
	Une certaine dame *696* ****

2464

Impression Brodard et Taupin
à La Flèche (Sarthe) le 17 octobre 1988
1379A-5 Dépôt légal octobre 1988
ISBN 2-277-22464-2
Imprimé en France
Editions J'ai lu
27, rue Cassette, 75006 Paris
diffusion France et étranger : Flammarion